新日檢試驗
N2
絕對合格
試題本

全 MP3 音檔下載導向頁面

http://www.booknews.com.tw/mp3/121240006-10.htm

iOS 系請升級至 iOS 13 後再行下載
全書音檔為大型檔案，建議使用 WIFI 連線下載，以免占用流量，
並確認連線狀況，以利下載順暢。

もくじ
目録

QR碼使用說明

每回測驗在聽解的首頁右上方都有一個QR碼，掃瞄後便可開始聆聽試題進行測驗。使用全書下載之讀者可依下方的檔名找到該回聽解試題音檔，在播放後即可開始進行測驗。

N2
言語知識（文字・語彙・文法）• 読解
（105分）

注　意
Notes

1. 試験が始まるまで、この問題用紙を開けないでください。
   Do not open this question booklet until the test begins.

2. この問題用紙を持って帰ることはできません。
   Do not take this question booklet with you after the test.

3. 受験番号と名前を下の欄に、受験票と同じように書いてください。
   Write your examinee registration number and name clearly in each box below as written on your test voucher.

4. この問題用紙は、全部で33ページあります。
   This question booklet has 33 pages.

5. 問題には解答番号の 1 、 2 、 3 … が付いています。
   解答は、解答用紙にある同じ番号のところにマークしてください。
   One of the row numbers 1 , 2 , 3 … is given for each question. Mark your answer in the same row of the answer sheet.

受験番号　Examinee Registration Number	

名前　Name	

問題1 ＿＿＿の言葉の読み方として最もよいものを、1・2・3・4から一つ選びなさい。

1 言葉の意味を<u>文脈</u>から考える。

   1　ぶんしょう　　　　2　ぶんみゃく　　　3　もじ　　　　　4　もんく

2 台風<small>たいふう</small>によって、大きな<u>被害</u>を受けた。

   1　そんがい　　　　2　そんかい　　　3　ひがい　　　　4　ひかい

3 環境<small>かんきょう</small>問題について<u>論じる</u>。

   1　しんじる　　　　2　かんじる　　　3　ろんじる　　　4　えんじる

4 ちょっとかぜ<u>気味</u>だったので、薬を飲んだ。

   1　きみ　　　　　　2　きまい　　　　3　ぎみ　　　　　4　ぎまい

5 新たな問題が<u>生じた</u>。

   1　しょうじた　　　　2　せいじた　　　3　なまじた　　　4　いきじた

問題2 _____ の言葉を漢字で書くとき、最もよいものを1・2・3・4から一つ選びなさい。

6 選挙に関する新しいせいどができた。

1　成度　　　　　　2　制度　　　　　　3　生度　　　　　　4　政度

7 この植物にはどくがあります。

1　香　　　　　　　2　枝　　　　　　　3　毒　　　　　　　4　液

8 彼女ほどせいかくのいい人はいない。

1　正確　　　　　　2　正格　　　　　　3　性確　　　　　　4　性格

9 みんながなっとくできるように説明してください。

1　納得　　　　　　2　納徳　　　　　　3　成得　　　　　　4　成徳

10 この袋、やぶれていますから、取りかえてください。

1　破れて　　　　　2　割れて　　　　　3　壊れて　　　　　4　折れて

問題３ （　　　　）に入れるのに最もよいものを、１・２・３・４から一つ選びなさい。

11 成功（　　　）の高い手術だが、それでもやはり不安だ。

1　割　　　　　　2　比　　　　　　3　分　　　　　　4　率

12 彼ならあの大学に合格することは（　　　　）可能ではない。

1　不　　　　　　2　非　　　　　　3　無　　　　　　4　未

13 近所で発生した強盗事件の容疑（　　　　）は、22歳の若者だそうだ。

1　人　　　　　　2　者　　　　　　3　員　　　　　　4　家

14 （　　　）決勝まで進んだが、残念ながら負けてしまった。

1　次　　　　　　2　準　　　　　　3　前　　　　　　4　副

15 この道をまっすぐ行くと、（　　　）通りに出ますよ。

1　広　　　　　　2　主　　　　　　3　大　　　　　　4　太

問題4 （　　　　）に入れるのに最もよいものを、1・2・3・4から一つ選びなさい。

16 我が社は、今年ようやく赤字から（　　　　）に転換した。

1　青字　　　　　　2　黒字　　　　　3　白字　　　　　4　緑字

17 （　　　　）の習慣を変えることは、なかなか難しい。

1　年月　　　　　　2　月日　　　　　3　長年　　　　　4　永遠

18 彼はいつも（　　　　）ばかりいるので、みんなに嫌われている。

1　したって　　　　　　　　　　2　うけもって

3　おもいついて　　　　　　　　4　いばって

19 彼女の足のけがは（　　　　）に回復しています。

1　慎重　　　　　　2　順番　　　　　3　順調　　　　　4　重要

20 先週、ビザを取るための（　　　　）をしました。

1　手当て　　　　　2　手入れ　　　　3　手書き　　　　4　手続き

21 車を運転するときは、（　　　　）をよく見てください。

1　横断　　　　　　2　標識　　　　　3　方面　　　　　4　通行

22 今日のテストは難しすぎて（　　　　）わからなかった。

1　きっぱり　　　　2　さっぱり　　　　3　しっかり　　　　4　すっかり

問題5 ＿＿＿の言葉に意味が最も近いものを、1・2・3・4から一つ選びなさい。

23 友達の部屋に入ってみたら、思いのほかきれいだった。

1　予定外に　　　　2　想像以上に　　3　予想通り　　4　思わず

24 この動物園の今年に入ってからの入園者数は、延べ240万人です。

1　全部で　　　　2　平均して　　　3　少なくとも　　4　おそらく

25 平井さんは、お姉さんの病気のことを絶えず心配していました。

1　かなり　　　　2　ときどき　　　3　いつも　　　　4　さらに

26 この問題に対する政府の見解が発表された。

1　考え方　　　　2　調べ方　　　　3　行動　　　　　4　責任

27 そのことはとっくに連絡したはずだ。

1　さきほど　　　　2　ずっと前に　　3　ようやく　　4　いつか

問題6　次の言葉の使い方として最もよいものを、1・2・3・4から一つ選びなさい。

28 完了

1　家族から手紙が完了した。

2　今日の作業はすべて完了しました。

3　授業中に眠くなるのは、完了だ。

4　この雨も、明日には完了するでしょう。

29 せっかく

1　せっかく料理を作ったのに、だれも食べてくれなかった。

2　家の外に出たら、せっかく雨が降って来た。

3　レポートをせっかく書くことができた。

4　入学式で、せっかく友達ができた。

30 接近

1　コーヒーに接近して、舌をやけどした。

2　話し声が接近しすぎて集中できない。

3　いつも財布を接近して歩くようにしている。

4　台風が接近しているので、ドライブは中止しよう。

31 あえて

1　全部今日中に終わらないなら、あえてこれだけでも片付けたい。

2　ほめると彼のためにならないと思って、あえて注意したんだ。

3　今はまだすることがないから、あえて掃除でもしていてください。

4　この本は先生がいいとおっしゃったので、あえて読みたい。

32 早口

1　そんなに早口に食べるとおなかが痛くなるよ。

2　彼は早口なので、もう少しゆっくりしゃべってもらいたい。

3　あの記者は早口な評論で有名だ。

4　こっちの道のほうが早口だよ。

文字・語彙

問題7 次の文の（　　　）に入れるのに最もよいものを、1・2・3・4から一つ選びなさい。

33 尊敬する教授（　　　）研究を続けることができて、とても幸せです。
1　をもとに
2　のもとで
3　をもとにして
4　にもとづいて

34 この店は、味は（　　　）値段が安いので、よく通っている。
1　かかわらず
2　かいがあって
3　まだしも
4　ともかく

35 履歴書に書かれている学歴や職歴はすばらしいが、会ってみない（　　　）どんな人かわからないので、面接に来てもらうことにした。
1　ことから　　　2　ことには　　　3　というのは　　4　といっても

36 どんなに才能があっても、努力しない（　　　）は成功しない。
1　かぎり　　　2　ことで　　　3　せいで　　　4　あまり

37 彼は12時になった（　　　）、すぐに事務所を出て行った。
1　かと思うと　　2　かどうか　　3　からこそ　　4　からといって

38 おもちゃというと、子供が遊ぶためのものだと（　　　）。しかし、最近は大人や高齢者を対象にしたおもちゃが多く売られるようになってきました。
1　考えつつあります
2　考えられがちです
3　考えられてはいません
4　考えられなければいけません

39 上田「大野さんは、たばこを（　　　）んでしたっけ？」
大野「前は吸ってたけどね。娘の誕生をきっかけに、やめたよ。」
1　お吸いになる
2　吸うつもりな
3　吸わせられる
4　吸わされた

40 年をとる（　　　）、体がかたくなってきた。
1　にとって　　　2　につれて　　　3　において　　　4　について

41 父は交通事故でけがをしたために入院していて、まだ立つこと（　　　　）できない。

　1　なら　　　　　　　　2　ほど　　　　　　3　きり　　　　　　4　さえ

42 窓から落ちる（　　　　）がありますから、窓を開けないでください。

　1　おかげ　　　　　　　2　おそれ　　　　　3　かぎり　　　　　4　わけ

43 夏休みに国に帰ろうか（　　　　）、迷っているところです。

　1　帰るべきか　　　　　　　　　　　2　帰れそうか

　3　帰るまいか　　　　　　　　　　　4　帰られるか

44 A「野田さんが、海外出張中に財布を取られたんだって。」

　　B「そういうことは、気を付けていてもだれにでも（　　　　）よ。」

　1　起こりにくい　　　　　　　　　　2　起こりうる

　3　起こったばかりだ　　　　　　　　4　起こってもいい

問題8　次の文の　★　に入る最もよいものを、1・2・3・4から一つ選びなさい。

（問題例）

木の　＿＿＿＿　＿＿＿＿　★　＿＿＿＿　います。

　　　1　が　　　2　に　　　3　上　　　4　ねこ

（解答のしかた）

1. 正しい文はこうです。

> 木の　＿＿＿＿　＿＿＿＿　★　＿＿＿＿　います。
> 　　　3　上　　　2　に　　　4　ねこ　　　1　が

2. 　★　に入る番号を解答用紙にマークします。

　　　　　　（解答用紙）　　| （例） | ① ② ③ ● |

---

45 今月発売されたゲームに、＿＿＿＿　＿＿＿＿　★　＿＿＿＿　夢中になっている。

　　　1　ばかりか　　　　　2　子供　　　　　3　大人　　　4　まで

46 彼と映画に　＿＿＿＿　＿＿＿＿　★　＿＿＿＿　と思っている。

　　　1　できれば　　　　　　　　　　2　わけではないが
　　　3　遠慮したい　　　　　　　　　4　行きたくない

47 ご両親と　＿＿＿＿　＿＿＿＿　★　＿＿＿＿　学校を決めてください。

　　　1　受験する　　　　　2　話し合った　　　3　うえで　　　4　よく

48 彼の発音は、＿＿＿＿　＿＿＿＿　★　＿＿＿＿　日本人並みだ。

　　　1　優勝した　　　　　　　　　　2　スピーチコンテストで
　　　3　あって　　　　　　　　　　　4　だけ

49 夏は ＿＿＿ ＿＿＿ ★ ＿＿＿ 様子を写真に撮っています。

1　山が　　　　　　　　　　　2　寒くなるにつれて

3　緑色だった　　　　　　　　4　次第に白くなっていく

問題9　次の文章を読んで、文章全体の内容を考えて、[50]から[54]の中に入る最もよいものを、1・2・3・4から一つ選びなさい。

　　職場で、女性にハイヒールを履くことを強要しないでほしいという声があります。日本では、ホテルや空港、結婚式場など、職場によって、女性はヒールのあるパンプスを履かなければならないと決められている[50]。また、就職活動をする際には、女性はヒールのあるパンプスを履くことが当然だと考えられていて、ハイヒールを履くことが、マナー[51]求められているのです。しかし、ヒールのある靴で長時間立ち仕事をしたり、歩いたりするのは、足や腰に負担がかかり、体に悪影響を[52]。また、万一、災害などが起きて、バスや電車が止まってしまった場合、ヒールのある靴で長い距離を歩くことは非常に困難です。[53]、このような声が広がっているのです。男性はヒールを履かないのに、女性だけが辛い思いをしながらヒールを履いて仕事をしなければならないのは差別だという意見もあります。

　　同じようなことは、海外でもあります。イギリスでは、職場でハイヒールを履くよう命じられた女性がそれを断ると、給与なしで帰宅させられ、問題になりました。また、カナダのある州では、女性従業員にハイヒールを履くよう定めた規定がありましたが、反発の声が多く、廃止されたそうです。

　　もちろん、ハイヒールが好きな女性もいるでしょう。しかし、自分の意思や体の状態と関係なく、ヒールのある靴を履くように強要されるのは問題[54]。

50

1　ものです

2　ものがあります

3　ところです

4　ところがあります

51

1　として　　　　　2　にとって　　　　3　によって　　　　4　とともに

52

    1 与えざるをえません   2 与えかねます

    3 与えてなりません   4 与えかねません

53

    1 そのあげく   2 そのうえ   3 それから   4 それで

54

    1 にはなりません   2 ではないでしょうか

    3 だとは言えません   4 になってしまいます

問題10 次の(1)から(5)の文章を読んで、後の問いに対する答えとして最もよいものを、
1・2・3・4から一つ選びなさい。

(1)
　立ちあがろうと思いながらも、立ちあがるきっかけが見つからない人にとっては、＜がんばれ＞
という言葉は、じつにちからづよく、ありがたいものだと思います。

　しかし、そうでない人もいる。(中略) そのような人にむかって、人はどうすることができるのか。

　そばに座ってその人の顔を見つめ、その人の手の上に自分の手を重ね、ただ黙って一緒に涙を
こぼしているだけ。それくらいしかできません。そして、そういうこともまた大事なことだと思うので
す。

(五木寛之『いまを生きるちから』角川文庫による)

55 筆者の考えに合うのはどれか。
　　1　＜がんばれ＞という言葉は、だれにとってもありがたい言葉だ。
　　2　＜がんばれ＞という言葉が役に立たない場合は、どうしようもない。
　　3　＜がんばれ＞と言わないで、そばにいるだけのほうがいいこともある。
　　4　＜がんばれ＞という言葉は、使わないほうがいい。

(2)

以下は、ある会社から届いたメールである。

ＡＳＫ株式会社

松村様

この度は、数ある会社の中から弊社の製品にご興味を持っていただき

ありがとうございます。

ホームページよりお問い合わせいただきました製品について、

概算_{がいさん}のお見積書_{みつもりしょ}を添付_{てんぷ}ファイルにてお送りしますので、ご確認ください。

ぜひ一度お会いして、貴社の詳しいご希望などをうかがい、

詳細なお見積_{みつもり}をご提案したいと思っております。

お忙しいとは存じますが、ご都合いかがでしょうか。

ご返信お待ちしております。

株式会社ＡＢＣ

田中次郎

---

56 このメールを送った一番の目的は何か。

1　自社の製品を買ってくれたお礼を言うこと

2　自社の製品を買ってもらうこと

3　会う約束をすること

4　見積書_{みつもりしょ}を送ること

(3)

　息子は小さいとき靴下が大嫌いでした。足が火照るらしく、靴下を見ると逃げ出したものです。

　ある冬の朝、寒いので無理やり履かせたら、「きゃっ」と叫び「靴下の中にハリネズミがいる!」と脱いでしまいました。

　私はびっくりしてすぐ靴下の中を見たのですが、ハリネズミはもういません。(中略)

　子どもとつきあうには、子どもに負けない、自由で軟らかな頭が必要です。(中略)

　もし向こうがこちらにとんでもない話を投げかけてきたら、私はさらに想像力を加えて投げ返します。

（中川李枝子『子どもはみんな問題児。』新潮社による）

（注1）火照る＝顔や体が熱くなる

（注2）ハリネズミ＝背中に針があるネズミ

57 息子はなぜ、「靴下の中にハリネズミがいる!」と言ったのか。

1　ハリネズミが見えたから

2　母親を驚かせたかったから

3　母親を喜ばせたかったから

4　靴下を履きたくなかったから

(4)

以下は、料理学校から届いた案内である。

販売会のご案内

　　近隣にお住まいのみなさまには、いつも本校へのご理解を賜り、まことにありがとうございます。

　　私どもの学校は、今年創立25周年を迎えるにあたり、学生たちが作ったお菓子やパンの販売会を行います。これらの商品は、普段、学校内の店舗でも販売しておりますが、販売会では、お菓子を15%引き、パンを10%引きで販売いたします。さらに、これらの商品を1,000円分以上お買い上げいただいたお客様に限り、学内レストランの1,800円のランチコースを特別価格の1,200円にいたします。

この機会にぜひご来校ください。

58 この案内に書かれている内容について、正しいものはどれか。

1　1,000円以上買い物をすれば、ランチコースが割引になる。

2　お菓子やパンを買わなければ、ランチコースを食べられない。

3　販売会のときでなければ、ランチコースを食べられない。

4　販売会では、いつもは買えない商品が買える。

(5)

　人間は、苦痛や不幸をもたらすもの、危険なものになると、飛躍した結論を出す傾向があるように思う。一度痛い目にあったら、それと同種のものは無条件に避けるよう、論理を無視して飛躍した判断を下すのではないだろうか。「すべての蛇には毒がある」と断定した方が、「蛇によっては毒をもたないかもしれない」と考えるよりも安全なのだ。人間は、論理を犠牲にしても、安全に生き延びようとしているのではないだろうか。

（土屋賢二『棚から哲学』文春文庫による）

（注）飛躍する：順番に考えないで、急に離れたところに進む

59 筆者が考える「飛躍した判断」に合うのはどれか。

　　1　「今まで死ななかったから、今日も死なないだろう」

　　2　「あの人にお金を貸しても返してもらったことがないから、この人も返さないだろう」

　　3　「先月、宝くじが当たったから、今月も当たるかもしれない」

　　4　「あの店は人気があるから、予約しないと入れないかもしれない」

問題11 次の(1)から(3)の文章を読んで、後の問いに対する答えとして最もよいものを、
　　　　1・2・3・4から一つ選びなさい。

(1)
　彼女は、偽ウォークマンに、だめになりかかっているイヤホンのコードをぐるぐると巻き付けて、
そいつを大事そうにベッドサイドに置いて、かけぶとんを頭からかぶった。

　自分が、ゴミのようにあつかっていたパチンコの景品が、家族とはいえ別の人間の手に渡って、
こんなに大切にされている。

　これは、①ちょっとショックだった。

　なんでも買えばある。なくしても、買えばいい。

　古くなったら新しいのを買う。

　高いものは簡単には買えないけれど、値段の安いものなら、いくつでも買える。

　知らず知らずのうちに、自分にそう考えるくせがついていたらしい。

　「大衆消費社会」の構造がそうなっているからだとか、ものを大切にするべきだとか、べつに
理論や倫理で考えたわけではない。

　「偽物の不細工なウォークマン」で好きなテープを聴き、寝る前にいかにも古くさいイヤホンをぐ
るぐる巻き付けてそいつをしまう、その姿のほうが、かっこよく思えたのだった。

　うらやましい気持ちになったのだ。

　その、うらやましがられた本人さえも忘れているだろう「　小さすぎる事件」が、どこに行ったとき
だったのかすら憶えていないが、

　「こいつのほうが、②かっこいい」

と思ったことは、いつまでも忘れないようにしようと、そのときのぼくは決めていた。

　だから、ずっと憶えているのだ。

　人が、他の人やものを大事にしているのを見るのは、気持ちがいい。

　人やものを、粗末にあつかうのを見るのは、見苦しい。(中略)

　「豊かであると信じていたことが、じつは貧しい」

と気づかせられることは、けっこうあったのだ。

（糸井重里『ほぼ日刊イトイ新聞の本』講談社文庫による）

（注1）ウォークマン：持ち運びができる音楽を聞く機械

（注2）不細工：外見、見た目が悪い

60 ①ちょっとショックだったのはなぜか。

1 自分が、物を大切にする気持ちを失っていることに気がついたから

2 自分にとってゴミのようなものを、他の人が大切にしていて、かわいそうだと思ったから

3 「大衆消費社会」では、だれでも簡単にものを買えるから

4 簡単に買えるものを買わないで、古いものを使っているのを見て、あきれたから

61 筆者が②かっこいいと思ったのは、何に対してか。

1 好きな音楽を好きなときに聞いている姿

2 古くて見た目の悪いものを大事に使っている姿

3 寝る前に、音楽を聞いている姿

4 偽物を本物のようにあつかっている姿

62 豊かさについて、筆者の考えと合うものはどれか。

1 豊かさとは、なくしたり、古くなったりしたものをすぐに買えることだ。

2 豊かさとは、あまり高くないものなら、いくつでも買えることだ。

3 豊かさとは、「大衆消費社会」で、たくさんのものを消費することだ。

4 豊かさとは、ものを大切にすることだ。

(2)

　教育のタテマエ（意識）は子どもを成長させ幸福にするが、その無意識（裏の真実）は子どもの無限な可能性をただ一つ近代的個人（市民・国民）へ向けて規格化しようとする。知識を教えるとはそういうことである。知識を持たない人は認めないということである。個々の子どものそれぞれ固有の希望や期待に応えようとするものではないのだ。

　だが、ひとというものは近代や「知」や文化に背を向けて独自の「私」を生きるわけにはいかない。ひとは近代的個人の装いを成せるようになって初めて、自らの内的な固有性（私そのものの独自性）を生き延びさせることができる。自己の「自分」性（独自性）は、自己が公共的存在になることによって確認されてくるものでもある。近代的個人のありようは、憲法やその他の法によって規格が提示されている。「個」の自由が成立するのは、現実の生活レベルでは、法やルールや道徳の規制の下だけである。一人ひとりの固有の独自性がそれぞれに発揮され始めたら、社会は破壊され、法が黙っていない。教育や学校は、法の下で積極的な市民生活を営めるように子どもを育て上げることにその使命がある。（中略）学校や教育は単に「知識を学ぶ」だけでは、すまないのである。この点こそが、学校の本来的な役割なのだ。

（諏訪哲二『なぜ勉強させるのか?』光文社による）

（注）規格：品質や大きさ、形状などについて決められた標準

63 教育について、筆者の考えに合うものはどれか。

1 子どもの可能性を無限に広げ、成長させること

2 決められた範囲の中で、社会に適応するひとを育てること

3 一人ひとりの個性を伸ばし、それぞれの能力を発揮させること

4 多くの知識を身に付けさせ、社会に貢献できるひとを育てること

64 筆者によると、「個」の自由を成立させるために必要なことは何か。

1 公共の役に立つこと

2 社会のルールや道徳に反していないこと

3 たくさんの知識を持っていること

4 きちんと学校に通っていること

65 筆者によると、学校の使命とはどのようなことか。

1 法律やルールの範囲内で、独自性が持てるように子どもを教育すること

2 ひとりひとりの子どもたちの希望をかなえ、可能性を広げられるように教育すること

3 子どもたちをまったく同じ、規格通りのひとになるように教育すること

4 ひとりひとりが自由に生きていけるように教育すること

(3)

　この世で、最高に重要でおもしろく複雑なものは「他者」つまり「人間」で、その人たち全般に対する感謝、畏敬、尽きぬ興味などがあれば、常日頃「絡んだ絆」のド真ん中で暮らすことになっている自分の立場も肯定するはずだろう、と思う。地震があってもなくても、それが①人間の普通の暮らし方というものなのだ。

　今まで、自分一人で気ままに生きて来て、絆の大切さが今回初めてわかったという人は、お金と日本のインフラに頼って暮らしていただけなのだ。身近の誰かが亡くなって初めて、自分の心の中に、空虚な穴が空いたように感じた、寂しかった、かわいそうだった、ということなのかもしれないが、失われてみなければ、その大切さがわからないというのは、人間として②想像力が貧しい証拠だと言わねばならない。

　それに人間の、他の人間の存在が幸せかどうか深く気になってたまらないという心理は、むしろ③最低限の人間の証ということで、そういうことに一切関心がないということは、その人が人間でない証拠とさえ言えるのかもしれないのだ。常に、現状が失われた状態を予測するという機能は、むしろ人間にだけ許された高度な才能である、と言ってもいいかもしれない。

（曽野綾子『人間にとって成熟とは何か』幻冬舎新書による）

（注１）絆：人と人の切ることができない関係、つながり

（注２）空虚：中身がないこと

66 筆者によると、①人間の普通の暮らし方とは、どのようなものか。

1 お金とインフラに頼って生活すること

2 複雑な人間関係を、がまんしながら暮らすこと

3 他者と関わり合いながらの生活を認めて暮らすこと

4 地震が来ても、来ていないかのようにして生活すること

67 ②想像力が貧しい人の例として適当なものはどれか。

1 お金がないからパンを盗む。

2 今、両親が元気だから問題がないと考える。

3 最新技術をうまく利用して生活する。

4 自分の仕事がうまくいかないのは、上司のせいだと考える。

68 筆者によると、③最低限の人間の証とは何か。

1 今あるものがなくなってしまった状態を予測できること

2 失って初めて、失ったものの大切さに気がつくこと

3 高度な才能と想像力を持っていること

4 他者に関心を持ち、幸せかどうかを気にかけること

問題12 次のAとBの文章を読んで、後の問いに対する答えとして最もよいものを、1・2・3・4から一つ選びなさい。

A

　　私が住む市の動物園に、ゾウ2頭がタイからやって来ることになったそうだ。市の動物園では、3年前に、40年以上市民に愛されてきたゾウが死んでしまって以来、ゾウが1頭もいなくなっていた。去年、私も動物園へ行ったが、入口からすぐの、何もいないゾウのエリアを見て、寂しさを感じた。動物園はさまざまな動物を実際に見られる貴重な場所であり、中でもゾウは、動物園のシンボル的な存在だ。そんな中で、今回、外国から新たにゾウ2頭を受け入れるというニュースは、市民にとって喜ばしいニュースだ。動物園も工事を行い、新しいゾウが快適に暮らせるよう、ゾウ舎の整備を進めているということである。

B

　　動物園からゾウが姿を消しているそうだ。海外から輸入され、国内各地の動物園で親しまれてきたゾウだが、来日してから数十年が経ち、寿命を迎えていることに加えて、ワシントン条約により取引が厳しく制限されているためだ。確かに、ゾウは動物園の象徴的な動物で、ゾウに限らず普段目にすることのできない動物を間近で見られる機会は貴重だ。しかし、私は動物園へ行くと、それが動物たちにとって本当に良い生活環境なのかと疑問に感じる。特に、ゾウやキリンのように大きい動物が、あんなに小さい場所で育てられているのを見ると、苦しそうで見ていられない。動物園からゾウが減っているのを残念がる人もいるかもしれないが、今後、無理に外国から新たな動物を受け入れる必要はないのではないだろうか。

69 動物園におけるゾウの存在について、AとBはどのように述べているか。

1 AもBも、いなければ寂^{さび}しいと述べている。

2 AもBも、象徴的な存在だと述べている。

3 Aは象徴的な存在だと述べ、Bはいなければ寂^{さび}しいと述べている。

4 Aはいなければ寂^{さび}しいと述べ、Bは動物園から減ったら残念だと述べている。

70 動物園について、AとBはどのように述べているか。

1 AもBも、動物を見るために貴重な場所だから大切にしたいと述べている。

2 AもBも、より多くの動物を受け入れるべきだと述べている。

3 Aは動物が快適に生活するために必要だと述べ、Bは動物が生活するのには適していないと述べている。

4 Aは新たに動物が来ることは喜ばしいと述べ、Bは動物にとっては適切な生活環境ではないと述べている。

問題13 次の文章を読んで、後の問いに対する答えとして最もよいものを、1・2・3・4から一つ選びなさい。

日本揮発油社長の鈴木義雄にインタビューのため、定刻かっきりにいったら、秘書の女の子がでてきて「すみませんが、二分間だけお待ち下さい」といった。

社長族の仕事が分刻みであることくらいはしっていたが、＜それにしても恐ろしく几帳面な会社だなぁ＞と、やや皮肉な気持で時計を眺めていたら、本当に二分かっきりに鈴木が現われた。

そこで、インタビューのきっかけに「私がお待ちしていた二分間に社長はどんな仕事をされたのですか？」と少々意地の悪い質問をぶつけてみた。

「実はあなたがこられる前に、経営上の問題で、ある部長と大激論をたたかわせていたのです。当然、嶮しい顔をしてやっていたでしょうから、その表情を残したままで、あなたに会うのは失礼だと思い、秘書に二分だけ暇をくれ、といったのです」

そして、その二分間に「姿見の前に立って、顔かたちを整えた」という。

自分で自分の顔つきをちゃんと知っていることは、自分自身を知るのと同じくらいに難しいだろう。

さすがなものだ、とひどく心を打たれた。

この鈴木よりも、もう一歩進んでいるのは「世界のブック・ストア」丸善相談役の司忠である。

司は出勤前に必ず鏡の前に立って、自分の顔をうつす。

じっと眺めていて、我ながら＜険悪な相だな＞と思った時には、一所懸命、顔の筋肉をゆるめて柔和な表情にする。

「人相は自らつくるもの」というのが司の信念だからだ。

司の六十年間の経験によれば「人相というものは朝と晩とでも変わる。自分の心の状態を恐ろしいほど敏感にうつし出す。だから、人相は始終変わる。（中略）自分の心がけ一つで、自らの相をなおして開運することができる。（中略）もし、嘘だと思うなら、早速、明日から鏡に写る自分と対話をはじめてみるといい。それはやがて、自分の心との対決であることに気がつくだろう。私は、この鏡と自分との対決を六十余年間、一日として欠かしたことはない。それでもまだ、修業が足りないから、高僧のような風貌には達していないが、少なくとも前日の不快をもち越すようなことは絶対にない、と断言できる。また、人と折衝したり、人に注意を与える場合なども、まず鏡に向かって自分の相を整えるがよい。鏡は常に無言だが、人の心を赤裸々に写し出してくれる」という。

（伊藤肇『人間学』PHP文庫による）

（注1）人相：顔の様子

（注2）敏感：感覚が鋭いこと、わずかの変化もすぐに感じ取ること

（注3）修業：学問や技術を磨くため、努力して学ぶこと

（注4）高僧：地位の高いお坊さん

（注5）風貌：顔や外見

（注6）折衝する：利害の異なる相手と問題を解決するために話し合う

（注7）赤裸々：隠した部分がないこと

71 筆者は何に対して、ひどく心を打たれたのか。

1　社長が自分の顔つきを自分で知っていること

2　社長がきっかり 2 分後に現れたこと

3　社長が筆者の皮肉な質問にきちんと答えてくれたこと

4　社長が部長と経営に関して激しく討論していたこと

72 筆者が出会った人々によれば、どういう場合に顔を整える必要があるか。

1　他人と接する際に、自分の感情を隠さなければならない場合

2　自分の修行が足りないと気がついた場合

3　自分の中にある感情が、他人を不快にさせる可能性がある場合

4　険しい表情をしていると人から注意された場合

73 人相について、本文の内容と合うものはどれか。

1　鏡に映せば、話ができるもの

2　運を良くするために、修業しなければならないもの

3　修業して高僧のようにするべきもの

4　自分の気持ちの持ち方次第で変えることができるもの

問題14 右のページは、フィットネスクラブのチラシである。下の問いに対する答え
　　　として最もよいものを、1・2・3・4から一つ選びなさい。

74 松本さんは、半年前に退会したが、友人の青木さんと一緒に平日夜間会員として、3月上旬
　　に再入会することにした。松本さんは、再入会時にいくら支払うか。

　　　1　21,400円
　　　2　18,400円
　　　3　16,000円
　　　4　3,250円

75 森本さんと友人の中村さんは一緒に見学に行ったが、3月20日に平日昼間会員として森本さ
　　んだけが入会することにした。森本さんは初めての入会である。入会時にいくら支払うか。

　　　1　18,000円
　　　2　10,200円
　　　3　7,200円
　　　4　5,400円

ＡＳＫフィットネスクラブ

●24時間営業 　　●年中無休 　　●シャワールーム完備

●マシン使い放題 　　●スタッフアワー 　10：00 ～ 20：00

春の特別キャンペーン実施中!!

【特典①】3月31日までにご入会された方は、入会金5,400円が無料！

【特典②】3月分会費もいただきません！ 　4月分会費は半額！

【特典③】2名以上で同時にご入会された方は、初回手数料全員無料！

ぜひ、この機会にご家族やご友人をお誘いの上、ご入会ください！

見学はいつでも受け付けています。ご都合のよい日時をご連絡ください。

もちろん見学のみでもＯＫ！

会費（1か月）		
◆**24時間会員** 　7,800円	24時間いつでも	
◆**平日昼間会員** 　4,800円	月～金、午前6時～午後5時（祝日除く）	
◆**平日夜間会員** 　6,500円	月～金、午後5時～翌日午前6時（祝日除く）	
◆**休日会員** 　6,800円	土日祝日なら時間を問わず、いつでも	

会費のほかに、入会金5,400円と初回手数料3,000円がかかります。

≪入会手続きに必要なもの≫

1. 　住所がわかる身分証明書（運転免許証、健康保険証、在留カードなど）

2. 　会費を引き落とす銀行のキャッシュカードもしくは通帳と印鑑

　 ＊ご本人、またはご家族の名前のものに限ります。

3. 　入会金と初回手数料および初回2か月分の会費

　 ＊入会金と初回手数料、初回分の会費のお支払いは現金のみとさせていただきます。

　 ＊本キャンペーン特典①～③は、初めて入会される方と退会後1年以上経った方に適用されます。

　 ＊退会後1年未満で再入会される方は、本キャンペーン特典①～③の対象外です。

ＡＳＫフィットネスクラブ

　 まずはお気軽にお電話ください。 　TEL：0120-××××-000

　 ネットからのお問い合わせもできます。 　www.ask-cm.com

N2
聴解
(50分)

N2_Listening_
Test01.mp3

注　　意
Notes

1. 試験が始まるまで、この問題用紙を開けないでください。
   Do not open this question booklet until the test begins.

2. この問題用紙を持って帰ることはできません。
   Do not take this question booklet with you after the test.

3. 受験番号と名前を下の欄に、受験票と同じように書いてください。
   Write your examinee registration number and name clearly in each box
   below as written on your test voucher.

4. この問題用紙は、全部で11ページあります。
   This question booklet has 11 pages.

5. この問題用紙にメモをとってもかまいません。
   You may make notes in this question booklet.

受験番号　Examinee Registration Number	

名前　Name	

問題 1 　🔊 N2_1_02

　問題1では、まず質問を聞いてください。それから話を聞いて、問題用紙の1から4の中から、最もよいものを一つ選んでください。

例　🔊 N2_1_03

1　よやくをする
2　しんさつけんをさくせいする
3　しょるいに記入する
4　体温を測る

1番　🔊 N2_1_04

1　インターネットでキャンセルする
2　山田さんをさそう
3　部署のメンバーにそうだんする
4　店に電話する

2番　🔊 N2_1_05

1　図書館で本を探す
2　やさしく書かれた本を読む
3　インターネットで調べる
4　レポートを書く

3番　🔊 N2_1_06

1　1,000円
2　14,000円
3　15,000円
4　20,000円

4番　🔊 N2_1_07

1　電気やガスのけいやくをする
2　日用品を買う
3　ひっこしやをよやくする
4　だんボールににもつをつめる

5番　🔊 N2_1_08

1　資料をいんさつする
2　資料のデータをメールで送る
3　かちょうとめんだんする
4　にもつを受けとってサインをする

問題2 🔊 N2_1_09

問題2では、まず質問を聞いてください。そのあと、問題用紙のせんたくしを読んでください。読む時間があります。それから話を聞いて、問題用紙の1から4の中から、最もよいものを一つ選んでください。

例 🔊 N2_1_10

1 体力がたくさんひつようなところ

2 セリフをたくさんおぼえないといけないところ

3 練習をたくさんしないといけないところ

4 キャラクターのせいかくを出すところ

1番 🔊 N2_1_11

1 話し方がしつれいだったこと

2 話し合いがうまくいかなかったこと

3 お金を安くつたえたこと

4 かいぎの中で話がかわったこと

2番　🔊 N2_1_12

1　ひこうき
2　しんかんせん
3　バス
4　車

3番　🔊 N2_1_13

1　お客さんをもう一度あつめる
2　安い材料をさがす
3　国内のお店をふやす
4　海外のお店をふやす

4番 🔊 N2_1_14

1 日本のでんとう文化について
2 日本と自分の国の文化について
3 日本のおまつりについて
4 日本のインターネットについて

5番 🔊 N2_1_15

1 しゅうしょくしたいから
2 りゅうがくしたいから
3 かぞくと生活したいから
4 外国の大学を見たいから

6番 🔊 N2_1_16

1 もうしこみのしょるい
2 お金についてのしょるい
3 住所についてのしょるい
4 理由を書いたしょるい

問題3　🔊 N2_1_17

問題3では、問題用紙に何もいんさつされていません。この問題は、全体としてどんな内容かを聞く問題です。話の前に質問はありません。まず話を聞いてください。それから、質問とせんたくしを聞いて、1から4の中から、最もよいものを一つ選んでください。

例　　🔊 N2_1_18

1番　🔊 N2_1_19

2番　🔊 N2_1_20

3番　🔊 N2_1_21

4番　🔊 N2_1_22

5番　🔊 N2_1_23

ーメモー

問題4 🔊 N2_1_24

問題4では、問題用紙に何もいんさつされていません。まず文を聞いてください。それから、それに対する返事を聞いて、**1**から**3**の中から、最もよいものを一つ選んでください。

例 🔊 N2_1_25

1番 🔊 N2_1_26

2番 🔊 N2_1_27

3番 🔊 N2_1_28

4番 🔊 N2_1_29

5番 🔊 N2_1_30

6番 🔊 N2_1_31

7番 🔊 N2_1_32

8番 🔊 N2_1_33

9番 🔊 N2_1_34

10番 🔊 N2_1_35

11番 🔊 N2_1_36

12番 🔊 N2_1_37

問題5　◀》 N2_1_38

問題5では、長めの話を聞きます。この問題には練習はありません。
問題用紙にメモをとってもかまいません。

1番　◀》 N2_1_39

2番　◀》 N2_1_40

問題用紙に何もいんさつされていません。まず話を聞いてください。それから、
質問とせんたくしを聞いて、1から4の中から、最もよいものを一つ選んでください。

－メモ－

3番 🔊 N2_1_41

まず話を聞いてください。それから、二つの質問を聞いて、それぞれ問題用紙の1から4の中から、最もよいものを一つ選んでください。

質問1

1　デイタイムコース

2　ナイトコース

3　土日コース

4　朝ヨガコース

質問2

1　デイタイムコース

2　ナイトコース

3　土日コース

4　朝ヨガコース

N2

言語知識（文字・語彙・文法）• 読解
（105分）

注　意
Notes

1. 試験が始まるまで、この問題用紙を開けないでください。
   Do not open this question booklet until the test begins.

2. この問題用紙を持って帰ることはできません。
   Do not take this question booklet with you after the test.

3. 受験番号と名前を下の欄に、受験票と同じように書いてください。
   Write your examinee registration number and name clearly in each box below as written on your test voucher.

4. この問題用紙は、全部で33ページあります。
   This question booklet has 33 pages.

5. 問題には解答番号の　1　、　2　、　3　… が付いています。
   解答は、解答用紙にある同じ番号のところにマークしてください。
   One of the row numbers　1　,　2　,　3　… is given for each question. Mark your answer in the same row of the answer sheet.

受験番号　Examinee Registration Number	

名前　Name	

問題1 ＿＿＿の言葉の読み方として最もよいものを、1・2・3・4から一つ選びな
さい。

1　今朝は手足が凍えるほどの寒さだ。
　　1　こごえる　　　　　2　おとろえる　　　3　にえる　　　　4　ふるえる

2　昨日、駅の近くで強盗事件があった。
　　1　きょうかつ　　　　2　きょうとう　　　3　ごうかい　　　4　ごうとう

3　先生は生徒の意見を尊重した。
　　1　とうじゅう　　　　2　とうちょう　　　3　そんじゅう　　4　そんちょう

4　SNSを活用して商品を宣伝する。
　　1　かつやく　　　　　2　かつよう　　　　3　かつどう　　　4　かっぱつ

5　ここは危険です。直ちに逃げてください。
　　1　すなわち　　　　　2　たちまち　　　　3　せっかち　　　4　ただち

問題2 ＿＿＿の言葉を漢字で書くとき、最もよいものを１・２・３・４から一つ選びなさい。

6 赤ちゃんの<u>せいべつ</u>は妊娠（にんしん）4か月頃にわかるそうだ。

1 生別　　　　　2 性別　　　　　3 姓別　　　　　4 正別

7 父の趣味（しゅみ）は天体<u>かんそく</u>だ。

1 看測　　　　　2 看則　　　　　3 観測　　　　　4 観則

8 彼は重い罪（つみ）を<u>おかした</u>。

1 犯した　　　　2 起した　　　　3 侵した　　　　4 反した

9 この割引券は一年間<u>ゆうこう</u>です。

1 有功　　　　　2 有効　　　　　3 友効　　　　　4 友功

10 本社を大阪（おおさか）に<u>いてん</u>する計画があります。

1 拠点　　　　　2 居伝　　　　　3 異店　　　　　4 移転

問題3 （　　　）に入れるのに最もよいものを、1・2・3・4から一つ選びなさい。

11 この問題は次のテストで出ないので、おぼえても（　　　）意味だ。

1　再　　　　　　　2　非　　　　　　　3　未　　　　　4　無

12 毎週通うのは大変なので、1週間（　　　）にしてください。

1　かけ　　　　　　2　ぬけ　　　　　　3　あき　　　　4　おき

13 忙しい店長にかわり、（　　　）店長がパートの指導をしている。

1　助　　　　　　　2　補　　　　　　　3　準　　　　　4　副

14 できるだけ歩いて、交通（　　　）を節約している。

1　代　　　　　　　2　払　　　　　　　3　費　　　　　4　料

15 来店したお客様が、お店に対して（　　　）印象を持つかどうかは、店員の態度にかかっている。

1　好　　　　　　　2　最　　　　　　　3　良　　　　　4　高

問題4 （　　　）に入れるのに最もよいものを、1・2・3・4から一つ選びなさい。

16 受賞の（　　　）にトロフィーをいただいた。
　　1　記号　　　　　　　2　記念　　　　　　3　記録　　　　　4　記事

17 私のいたずらを知って、父は顔を（　　　）にして怒った。
　　1　真っ白　　　　　　2　真っ黒　　　　　3　真っ赤　　　　4　真っ青

18 ダイエットをしているのに、お菓子があると（　　　）食べてしまう。
　　1　まさに　　　　　　2　いかにも　　　　3　つい　　　　　4　いっそ

19 大事故だったが、（　　　）にもけがをした人は一人もいなかった。
　　1　幸福　　　　　　　2　幸運　　　　　　3　運命　　　　　4　運動

20 いらないものを片付けたので、部屋が（　　　）した。
　　1　たっぷり　　　　　2　うっかり　　　　3　めっきり　　　4　すっきり

21 インターネットの（　　　）が悪い。
　　1　接続　　　　　　　2　連続　　　　　　3　持続　　　　　4　存続

22 いやなにおいがするので、（　　　）しよう。
　　1　通気　　　　　　　2　換気　　　　　　3　外気　　　　　4　陽気

問題5 _____ の言葉に意味が最も近いものを、1・2・3・4から一つ選びなさい。

23 彼はだまったまま、下を向いていた。
 1 話さないで　　　 2 見ないで　　　 3 動かないで　　 4 聞かないで

24 外がさわがしくて寝られない。
 1 明るくて　　　　 2 こわくて　　　 3 うるさくて　　 4 暑くて

25 もしさしつかえがなければ、一度こちらにいらっしゃってください。
 1 反対　　　　　　 2 問題　　　　　 3 変更　　　　　 4 指示

26 あの人の指示はいつもあいまいだ。
 1 わかりやすい　　 2 はっきりしない　 3 心配だ　　　　 4 忘れやすい

27 彼は次第に車のスピードを上げた。
 1 突然　　　　　　 2 だんだん　　　 3 かなり　　　　 4 少しだけ

問題6 次の言葉の使い方として最もよいものを、1・2・3・4から一つ選びなさい。

28 ぎっしり

1 雨にぬれて服がぎっしりだ。

2 お腹がすいていたので、夕飯をぎっしり食べた。

3 父は私の話をぎっしり聞いてくれた。

4 今週は予定がぎっしりつまっている。

29 平気な

1 戦争のない平気な世界になることを望んでいる。

2 アイさんはよく遅刻するが、いつも平気な顔をしています。

3 今日の気温は20度で、この季節としては平気な日です。

4 先週の大雨で、まちには平気な被害が出ました。

30 使いこなす

1 友達にテープを貸したら、全部使いこなしてしまった。

2 兄は買ったばかりの携帯電話をもう使いこなしている。

3 彼は、遊びに金を使いこなして、生活が苦しいらしい。

4 もっと使いこなしたパソコンがほしい。

31 ざっと

1 彼はもうざっと昨日から勉強しています。

2 用事ができたので、ざっと帰った。

3 このページ数をざっと読むなら、1時間くらいだ。

4 毎日練習したから、ざっと合格するでしょう。

32 就任

1 君を来月から係長に就任する。

2 大学を卒業すると、学士に就任する。

3 僕はこの会社に絶対就任したい。

4 新しい社長が就任のあいさつを行った。

文字・語彙

問題7 次の文の（　　　）に入れるのに最もよいものを、1・2・3・4から一つ選びなさい。

33 井上「明日のパーティー、一緒に参加しませんか。」
坂井「行ける（　　　）行きたいんですけど、明日は重要な会議があるので行けないんです。」
　　1　ものなら　　　　　2　あげくに　　　　3　として　　　　4　ところが

34 言ってはいけないと思い（　　　）だまっていられず、彼の秘密をみんなにしゃべってしまった。
　　1　きり　　　　　　　2　はじめ　　　　　3　こみ　　　　　4　つつ

35 友達のあの表情（　　　）、試験の結果は悪かったようだ。
　　1　かのように　　　　2　からには　　　　3　からして　　　4　からでないと

36 山の木々を無計画に切った（　　　）、洪水などの災害が増えている。
　　1　ばかりに　　　　　2　ばかりか　　　　3　うえに　　　　4　うえで

37 A「田中さん、いないね。遊びに行っちゃったのかな。」
B「家族が事故にあったって言っていたから、遊びに行く（　　　）と思うよ。」
　　1　はずだ　　　　　　2　しかない　　　　3　ところだ　　　4　どころじゃない

38 私の家から会社までは、遠い（　　　）、実はそれほど遠くはない。
　　1　かと思うと　　　　2　ようで　　　　　3　とは限らず　　4　らしく

39 朝寝坊のまりさんの（　　　）、まだ寝ているに違いない。
　　1　せいで　　　　　　2　ことで　　　　　3　せいだから　　4　ことだから

40 こちらの人気のセーター、本日（　　　）、半額で販売いたします。
　　1　によると　　　　　2　に際して　　　　3　に沿って　　　4　に限り

41 彼はぜんぜん仕事をしない（　　　）、いつも文句ばかり言っている。困ったものだ。
　　1　くせに　　　　　　2　ことに　　　　　3　ものに　　　　4　うちに

42 運動しようと思って（　　　　）とたん、転んでけがをしてしまった。
　　1　走り出して　　　　2　走り出した　　　3　走り出す　　　4　走り出そう

43 台風の接近（　　　　）、本日は臨時休業といたします。
　　1　に関して　　　　　2　にかけては　　　3　において　　　4　にともない

44 兄は映画を（　　　　）、テレビドラマ、演劇の仕事もしている。
　　1　おわり　　　　　　2　はじめ　　　　　3　たとえ　　　　4　すえに

第
2
回

文
法

問題8 次の文の ★ に入る最もよいものを、1・2・3・4から一つ選びなさい。

（問題例）

木の ＿＿＿＿ ＿＿＿＿ ★ ＿＿＿＿ います。

1 が　　2 に　　3 上　　4 ねこ

（解答のしかた）

1. 正しい文はこうです。

> 木の ＿＿＿＿ ＿＿＿＿ ★ ＿＿＿＿ います。
>
> 3 上　　2 に　　4 ねこ　　1 が

2. ★ に入る番号を解答用紙にマークします。

（解答用紙）　（例）　① 　② 　③ 　●

---

45 姉は細かいことが気になる性格で、子供のころから何か ＿＿＿＿ ＿＿＿＿ ★ ＿＿＿＿ を言う。

1 文句
もんく
　　　　2 につけ　　　　3 に対して　　　4 私

46 服を買いに行ったが、＿＿＿＿ ＿＿＿＿ ★ ＿＿＿＿ 何も買わなかった。

1 迷った　　　　2 どれに　　　　3 あげく　　　　4 しようか

47 やっと梅雨が明けて、ようやく外で運動できると ＿＿＿＿ ＿＿＿＿ ★ ＿＿＿＿ なくなった。

1 暑すぎて　　　2 どころじゃ　　3 ランニング　　4 思ったら

48 結婚して自分が稼いだお金を自由に使えなくなる ＿＿＿＿ ＿＿＿＿ ★ ＿＿＿＿ が
かせ
ましだ。

1 いたほう　　　2 なら　　　　3 独身で　　　　4 くらい

49 山を _____ _____ ★ _____ 見え、感動のあまり涙が出ました。

1　言葉にできないほど　2　のぼりきった

3　ところで　　　　　　　　　　4　美しい景色が

問題9 次の文章を読んで、文章全体の内容を考えて、 50 から 54 の中に入る最もよいものを、1・2・3・4から一つ選びなさい。

以下は、雑誌のコラムである。

　　まだ食べられるのに捨てられてしまう「食品ロス」を減らすために、「フードドライブ」という活動が行われている。「フードドライブ」とは、家庭で余っている食品を集めて、食べ物に困っている人たちや施設に寄付する活動のことだ。スーパーやジム、市民センターなどに一定期間、回収場所が作られ、買い物客や利用者が家庭から食品を持ち寄る。また、「フードバンク」という活動もある。「フードドライブ」が個人からのみ、食品を回収 50 、「フードバンク」では企業からの食品も回収する。企業から回収される食品は、製造過程で出る、食べられるものの商品として販売できないものや、スーパーなどで売れ残った賞味期限内の食品などで、安全上は問題が 51 廃棄されてしまう食品である。

　　「フードドライブ」で回収できる食品は、賞味期限が1か月以上あり、未開封の食品である。回収された食品は、「フードバンク」を通じて、食べ物が必要な人々のために寄付される。日本 52 豊かな国で、食べ物に困っている人がいるのだろうかと思う人もいるかもしれないが、日本の子供の7人に1人が貧困とも言われている。また、児童養護施設や社会福祉施設などで提供される食事は、栄養より金銭面を優先 53 状況もある。

　　日本で行われている「フードドライブ」は、一定の期間のみ行われることが多く、いつでもどこでもできる 54 。このような活動を通して、ひとりひとりが食品ロスや貧困という問題に目を向ける社会になってほしい。

50

1　するのに対して　　　　　　2　するに伴^{ともな}って

3　するといっても　　　　　　4　するとともに

51

1　ないからといって　　　　　　2　ないばかりか

3　ないにもかかわらず　　　　　　4　ない限り

52

1　なんて　　　　　　2　ゆえに　　　　　3　さえ　　　　　4　ほど

53

1　しないという　　　　　　2　せざるを得ない

3　してしょうがない　　　　　　4　しつつある

54

1　わけではない　　　　　　2　ものである

3　どころではない　　　　　　4　に決まっている

問題10 次の⑴から⑸の文章を読んで、後の問いに対する答えとして最もよいものを、1・2・3・4から一つ選びなさい。

⑴

　人間というものは、自分のために働く時に生き生きしてくる。それが証明された。

　強いられて行う残業は自分を滅ぼすものなのだ。

　しかし、強いられずにやる残業は疲れないし、楽しい。自分のためにやっているから残業だという実感もない。私が残業をしても疲れなかった時代は、自分が会社とともに伸びているという実感があったからだ。たとえ錯覚であっても身体は熱を発するほど元気だった。

　今、作家になって原稿を書く時、深夜になっても残業だなどという意識はない。

（江上剛『会社という病』講談社＋α新書による）

55 筆者が言う「疲れない残業」をする時とは、どんなときか。
1　しめきり前に、上司の命令で同僚の仕事を手伝うために残業するとき
2　休んだ同僚の代わりに、仕方なくその仕事を担当したために帰りが遅くなったとき
3　上司より先に帰るのは悪いと思い、仕事が終わっても会社に残るとき
4　自分のアイデアを提案したいと思い、夜遅くまで企画書を作るとき

(2)

以下は、家のポストに入っていたチラシである。

●不用品回収お知らせ●

10月4日（木）こちらの地区に回収に参ります。

　当日午前8時半までに、このチラシとともに、不用品を道路から見える場所にお出しください。晴雨に関わらず、回収いたします。

　無料で回収させていただくものは、エアコン、冷蔵庫、洗濯機、テレビ以外の家電製品とフライパンやなべなどの金属製品です。こわれていてもかまいません。

　パソコンと家具、自転車は有料で回収いたします。有料回収品については、当日、ご自宅まで取りにうかがいますので、前日までに、下記へご連絡ください。

　　　　Yリサイクル　03-1234-5678

56 不用品の回収を依頼する場合、正しいのはどれか。

1　パソコンの回収を頼む場合は、10月3日にYリサイクルに電話をかける。

2　掃除機の回収を頼む場合は、10月3日にYリサイクルに電話をかける。

3　電子レンジの回収を頼む場合は、電子レンジのみを10月4日午前8時に外に出しておく。

4　テレビの回収を頼む場合は、10月4日午前8時に、テレビとこのチラシを外に出しておく。

(3)

　人間は不完全なものです。医者も新発明の薬も全能ではありません。医者に見放された患者^(注1)が、信心して健康になった例もあります。^(注2)

　しかしそれを信心したから霊験で救われたと短絡して考えるのはどうでしょう。^(注3)

　医者に見放された患者は絶望的です。絶望のなかでこそ人のはからいの外のものにすがる素^(注4)直で純な心が生まれ、心の絶望に光りがさし、生きようとする活力が生まれます。人間に眠っていた自然治癒力が活発になってくるのです。^(注5)

（瀬戸内寂聴『生きることば　あなたへ』光文社文庫による）

（注1）見放す：あきらめて対応しない

（注2）信心する：神や仏を信じる

（注3）霊験：神や仏の不思議な力

（注4）はからい：考え

（注5）自然治癒力：人間や動物が持っている、けがや病気を治す力

57 筆者によると、医者に見放された患者が健康になることがあるのはなぜか。

1　神や仏への熱心な祈りが届くから

2　絶望が自然治癒力を活発にするから

3　素直に他人の話を聞くようになるから

4　神や仏を信じることで、生きる力が生まれるから

(4)

以下は、社内文書である。

3月4日

総務課

社員各位

ノー残業デーのお知らせ

　次年度を迎えるにあたって、経費削減（さくげん）のため、毎週金曜日はノー残業デーとし、全社員18：30までに退勤するようお願いします。また、各部署で仕事をより効率（こうりつ）的に行えるよう、これまでの仕事のやり方を見直し、できるだけ定時で退勤できるようにしてください。また、ペーパーレス化を徹底（てってい）するため、不必要な印刷やコピーは避け（さ）、パソコンでデータ共有できるものはパソコン上で閲覧（えつらん）（注1）するなど、資料のデジタル化も心がけてください。よろしくお願いします。

（注）閲覧（えつらん）する：見る

58 この文書を書いた、一番の目的は何か。

1　コストをおさえること

2　社員の残業時間を減らすこと

3　社員にパソコンを使わせること

4　紙の使用量を減らすこと

(5)

　われわれは、モノやコトが単独でリアリティをもつと考えがちだが、他のモノやコトとの関係性の方が重要なのかもしれない。お金だってそうだろう。お金が<u>単独で価値（リアリティ）をもつわけではない</u>。もし単独で価値をもつならば、ゲームで使われるおもちゃのお金だって、本物のお金と同じように価値をもつ可能性がある。実際にはお金の価値は、他の国のお金、株価やエネルギー埋蔵量など数え切れないほどのモノやコトとの関係で決まってくる。

（竹内薫『闘う物理学者！』中公文庫による）

59 モノやコトが<u>単独で価値をもつわけではない</u>ことの例として、適当なものはどれか。

1　自分以外に参加者がいない大会で優勝する。

2　選挙で当選した人が市長になる。

3　自分が作った料理を、自分ひとりで食べる。

4　10人から500円ずつ集めて、5000円の贈り物を買う。

問題11 次の⑴から⑶の文章を読んで、後の問いに対する答えとして最もよいものを、1・2・3・4から一つ選びなさい。

⑴

　知人の例を挙げる。彼は分厚く難易度の高いある翻訳本をそれこそ数年がかりで訳して出版した。その間は、つき合いも一次会までと決め、二次会、三次会は断るというスタンスで通した。そのため、ちょっとつき合いの悪い人と思われていたわけだが、ある種のライフワークとして彼はその翻訳に取り組むことにした。年齢的にはもう五十の坂を超えた彼が、なお生きがいとして<u>そのような孤独のひととき</u>を大切にしていたことを知ったとき、<u>私は素直に感動した</u>。
①　　　　　　　　　　　　　　　　　　　　　　　　　　　②

　一人きりの時間を利用して、一人でしかできない世界を楽しむ。これができれば、四十代、五十代、六十代と年齢を重ねたときにも充実した日々が待っている。人といても楽しい。一人になっても充足できる。だが、それはある程度若いうちに孤独になる癖、つまり孤独の技を身につけておかないと、できないことなのだ。

　仲間とつるんで日々を安楽に過ごしてきただけの人間は、急に一人になったときに寂しくてやり切れないだろう。そもそもやることが見つからないかもしれない。そうなると、飲み屋の常連として入り込み、「いつものやつ」「あれ、お願い」というとすっと好みの酒や肴が出てくることが喜びというような、発展性のない楽しみが人生の目的になってしまう。顔が利く飲み屋でひとしきり常連同士で会話を重ね、帰ったら眠るという人生は、孤独とは無縁かもしれないが、果たして「私は十分に生きた」という手応えが残るだろうか。

（齋藤孝『孤独のチカラ』新潮文庫による）

（注）孤独：周りに人がいなくてさびしいこと

60 ①そのような孤独のひとときとはどのようなことか。

1　一次会だけ参加して、二次会、三次会は家に帰ること

2　周囲の人からちょっとつき合いの悪い人と思われていること

3　一人で難易度の高い翻訳に取り組むこと

4　分厚い本を出版するために、翻訳し続けていること

61 ②私は素直に感動したとあるが、それはなぜか。

1　本を訳して出版するためには、五十歳を過ぎてもやり続けないといけないと知ったから

2　知人が、歳を取っても一人で充実した日々を過ごしていることがわかったから

3　つき合いの悪い人だと思っていたが、翻訳に取り組むというライフワークを得られているから

4　四十代、五十代、六十代と年齢を重ねても、若いときと同じように孤独だったから

62 筆者は孤独についてどのように述べているか。

1　孤独は寂しいものではなく、むしろ積極的に孤独な時間を作ることで人生を充実させられる。

2　誰でも一人の時間を楽しむことができれば、歳を取っても孤独になる癖をつけられる。

3　孤独に慣れている人と孤独に慣れていない人とでは、孤独に慣れていない人のほうが人生に発展性がある。

4　仲間と一緒に時間を過ごせば、何も言わずにお互いを理解できるようになり、孤独とは無縁の生活を送ることができる。

(2)

　人間が成長するのは、なんといっても仕事だと思うんです。仕事とは、イヤなことも我慢して、他人と折り合いをつけながら自己主張していくことでもある。ずっとその試練に立ち向かい続けている人は、人間としての強さも確実に身につけていきます。

　家庭生活や子育てで人間が成長するということ自体は否定しません。しかし、それは仕事での成長の比ではない。(中略)仕事でイヤなことにも堪えていく胆力を鍛えていれば、子どもが泣いたくらいでうろたえない人間力は自然に身についているのです。(中略)

　女性も働き続けたほうがいい理由は、精神論に拠るだけではありません。少なくとも私にとっては、人が稼いできたお金に頼って生きていく人生は考えにくい――自分の欲しい物を、自分の稼いだお金で買えるということは、当たり前に必要なことなんです。

　もちろん、それは万人の感覚ではないでしょう。「自分が家庭をしっかり守っているから、夫は何の心配もせずに仕事ができる。だから私は養われて当然なのだ」と考える人がたくさんいるのも知っていますし、それを否定する気は毛頭ありません。でも、自分の食い扶持は自分で稼ぎ、もしも、夫といるのがイヤになったらすぐに離婚できる経済状況の中で結婚生活を続けているからこそ確認できる、夫婦の愛情ってあると思うんです。

（林真理子『野心のすすめ』講談社現代新書による）

（注1）胆力：物事を恐れない力

（注2）万人：全ての人

（注3）毛頭：少しも

（注4）食い扶持：食べ物を買うためのお金

63 筆者によると、人間が成長するのに最も必要なものは何か。

1　社会の中で、嫌なことにも耐えながら努力を続けること

2　子育てを通して、自分の思い通りにならないことを知ること

3　家庭生活の中で、家族のために努力すること

4　働いてお金を稼ぎ、家族のために使うこと

64 筆者が考える夫婦の愛情とは、どのようなものか。

1　妻も夫も経済的に自立し、お互いに自分の必要なお金を自分で稼ぐこと

2　自分を養ってくれる夫がいるからこそ生まれるもの

3　いつでも離婚できるという緊張感の中で確かめられるもの

4　妻が家庭を守り、夫が仕事に集中してお金を稼ぐこと

65 筆者の考えと合うものはどれか。

1　自分の考え方と合わない意見に従うことは、成長の邪魔になる。

2　育児を通して人間として成長した人は、仕事上のイヤなことにも耐えられる。

3　社会の中で身につけた忍耐力は、育児にも役に立つ。

4　主婦として夫を支えることが、人間的な成長につながる。

(3)

　子供たちを「〜ちゃん」や「〜君」ではなく、みんなが集まる場や掲示物などでは「〜さん」と呼ぶ保育園がある。そこには、子供たちを一人の個人として尊重し、互いに対等な立場で接したいという方針があるのだそうだ。そして園長先生自身も子供たちに「〜さん」と呼んでほしいとお願いしているそうだ。確かに日本語では「〜ちゃん」「〜君」「〜さん」「〜先生」「〜様」「〜氏」など、時と場合、また互いの距離感、人間関係に応じていろいろな呼び方をする。しかし、それによって、呼ばれる方は知らず知らずのうちに、その呼ばれ方のイメージに合わせて行動するのではないだろうか。すなわち、子供たちは「〜ちゃん」「〜君」と呼ばれることで、「子供」として周囲と接し、周囲も彼らを「子供」として扱うのである。

　こんな話も聞いたことがある。ある病院では、ある時から患者を「〜さま」と呼ぶようになった。すると、患者の中には、横柄で暴力的になる人が現れ、その後、「〜さん」という呼び方に戻したところ、彼らの態度も元に戻ったというのである。

　言葉を使っているのは、もちろん私たち人間だが、一方で私たち人間自身が言葉に使われている側面もあるのである。

（注）横柄：偉そうで無礼なこと

66 この保育園の考え方として、合うものはどれか。

1 子供にも大人にも、ひとりの人間として同じように接したい

2 子供には、子供らしくいてもらいたい

3 子供にも、大人のように行動してもらいたい

4 子供だからといって、甘やかしてしてはいけない

67 「〜さま」と呼ばれるようになって、一部の患者が暴力的になったのはどうしてだと考えられるか。

1 病院が、勝手に呼び方を変えたから

2 病院が、患者に必要以上のサービスを行ったから

3 患者が、病院を疑うようになったから

4 患者が、自分の方がえらくなったように感じたから

68 「人間自身が言葉に使われている」とはどういう意味か。

1 人間は、言葉なしには生活できないということ

2 言葉が人間の性格や行動に、影響を与えるということ

3 人間が相手に応じて、言葉の使い方を選ばされているということ

4 言葉の使い方を、人間が変化させているということ

問題12 次のＡとＢの文章を読んで、後の問いに対する答えとして最もよいものを、
1・2・3・4から一つ選びなさい。

A

　　自分で車を持たずに、必要なときだけ借りたり、1台の車を多くの人と共有した
りする人が増えている。特に、最近の10代から20代の若者は、以前の若者に比
べて、車をほしいと思わないと考える人が、半数近くいるという調査結果もある。

　　車を持つと、車を買う費用だけでなく、保険料やガソリン代、整備費用などさ
まざまな費用がかかる。その上、都会では車の必要性も低いし、むしろ車のほう
が渋滞（じゅうたい）に巻き込まれるから不便だともいえる。しかし、以前のように、自分の憧（あこが）れ
の車を買うために、一生懸命（いっしょうけんめい）働いて、お金を稼（かせ）ごうと考える若者が減り、必要最
低限のお金さえあれば良いと考える若者が増えているのは、社会から活気がなく
なっていくようで、寂（さび）しい気がする。

B

　　最近の若者は、昔より物欲（ぶつよく）（注）がなくなっているようだ。昔は、給料をもらったら、
あれを買いたいとか、貯金して憧（あこが）れの車に乗りたいとか思ったものだ。しかし、今
は車など買わなくてもいいと思っている若者も多いそうだ。

　　車を持つには、お金がかかる。都会に住んでいれば、車がなくても、十分に生
活ができるのだから、車以外に、お金をもっと有効に使いたいという考えもある。
確かに、物欲（ぶつよく）は働く原動力になるだろう。しかし、物を持つことばかりにこだわら
ずに、家族や友人と過ごす時間や、趣味（しゅみ）や勉強などの経験にお金を使ったほう
が豊かな人生を送れるのかもしれない。そう考えると、最近の若者が車を所有し
ないことも賢い選択（せんたく）といえるだろう。

（注）物欲（ぶつよく）：お金や物をほしいと思う気持ち

69 若者が車を買いたがらないことについて、AとBはどのように述べているか。

1　Aはいいことだと述べ、Bは残念なことだと述べている。

2　Aは残念なことだと述べ、Bは合理的だと述べている。

3　AもBも、働く活力がなくなると述べている。

4　AもBも、豊かな人生のために必要な選択だと述べている。

70 物欲について、AとBはどのように述べているか。

1　Aは必要ないものだと述べ、Bは仕事のために必要だと述べている。

2　Aはお金がかかると述べ、Bは有効なお金の使い方だと述べている。

3　AもBも、人生を豊かにするものだと述べている。

4　AもBも、働く意欲につながると述べている。

問題13 次の文章を読んで、後の問いに対する答えとして最もよいものを、1・2・3・4から一つ選びなさい。

とかく人は、相手に好意を抱けば抱くほどに、自分の気に入る方向にその人を導き寄せたいと望みます。付き合い始めた最初の頃こそ、相手のことを知らないから、「ああ、この部分は自分と似ているな。ほほお、こういうところは自分とぜんぜん違うな」などと客観的に解釈する余裕がありますが、しだいに互いの付き合いの距離が近くなるにつれ、自分の気に入るところに重点を置き、許容できない部分はあえて目に入れず、全面的に気が合っているという錯覚を持ち始める。_{（注1）}ところがある日、自分の許容を超えた行動を相手がしたとします。

たとえば、仲良しのマルコちゃんがちょっと不良っぽい仲間と遊び出したとします。大丈夫かしら、あんな連中と夜遅くまで遊んで。昔はあんなことするマルコちゃんじゃなかったのに。心配のあまり、マルコちゃんを呼び出して、

「あんな連中と仲良くするなんて、ぜったいあなたらしくない！　やめたほうがいいと思う」

それは友達として正しい助言だったかもしれません。でもその助言をする際に、「あなたらしくない」と言われたマルコちゃんは、心外に思うでしょう。

「いったいあなたがどれほど私のことを知っているというの？　不良っぽいとあなたが言う彼らのことだって、ぜんぜん知らないくせに。つき合ってみたら本当に仲間を大事にするいい人ばかりよ。私は彼らといるときのほうが、あなたと真面目ぶっているときより、はるかに自分らしいと思っているの。勝手に決めつけないで」

なんだか青春映画のような展開になってまいりましたが、つまり私が言いたいのは、他人が他人のことを百パーセント理解するなんて、不可能ということです。自分のことすら理解できないのに、他人のすべてを知ったつもりになってはいけないと思うのです。

「お、あんな意外性があったのか。真面目そうな顔して、案外、剛胆な人だったのね」_{（注3）}

そう驚くのは自由です。そして自分の知らない危険な世界へ引き込まれていく親友がどうしても心配なら、

「気をつけてね。私、心配してるのよ」と自分の気持をストレートに伝えるほうがいいと思います。「あなたらしくない」という言葉は、驕った印象を相手に与えかねません。それがその人「らしい」か「らしくない」かは、所詮、他人にはわかりゃしないんですから。

（阿川佐和子『叱られる力　聞く力２』文藝春秋による）

（注1） 錯覚：思い違い、勘違い

（注2） 心外：意外

（注3） 剛胆：気力があり、わずかなことに驚いたりしないこと

（注4） 驕る：えらそうにして、他人を自分より下に見る

71 筆者によると、人は他人との距離が近くなると、どうなりますか。

1 自分と似ているところと、そうでないところがはっきりわかるようになる。

2 気に入る部分が増え、何でも許容できるようになる。

3 相手のことを、何でもわかっているかのように思うようになる。

4 余裕が生まれて、相手のことを客観的に見られるようになる。

72 「あなたらしくない」と助言された人が、心外だと思うのはなぜか。

1 自分らしいかどうかを、他人に決められたくないから

2 自分らしさが何か、自分自身でもわからないから

3 身近な人が自分のことを誤解していてショックだから

4 自分が知らない自分を、他人が知っているから

73 筆者によると、他人に助言をする場合に気をつけなければならないのはどんなことか。

1 自分の気持は抑えて、事実のみを判断して助言すること

2 正しいと思うことを、すべてはっきり伝えること

3 相手のことを、完全に理解してから助言すること

4 相手には、自分の知らない部分もあるということを心においておくこと

問題14 右のページは、市の健康診断のお知らせである。下の問いに対する答えとして最もよいものを、1・2・3・4から一つ選びなさい。

74 吉田さんは、平日の午後、健診と胃ガン検査を受けたい。どこを予約するか。

　1　青木町健康センター

　2　黒木町健康センター

　3　緑町健康センター

　4　市の健康センター

75 6月の土曜日、午後に健診を受けたい平尾さんはどうすればよいか。

　1　4月中に緑町の健康センターに、メールで申し込む。

　2　市のホームページで病院を確認し、直接病院に連絡する。

　3　5月中に市の健診センターに、電話で申し込む。

　4　4月末に市の健診センターに、ホームページから申し込む。

健康診断のおしらせ

市では国民健康保険の加入者を対象に、年に1回、定期健診を実施しています。糖尿病などの生活習慣病の予防のためにも、健診を受けることをお勧めします。

対象	自己負担額	検査項目
40歳～74歳の国民健康保険に加入している方	600円	身体測定・視力・聴力・尿検査・心電図・血液検査・血圧・レントゲン検査 ＊別途1,000円で胃ガン検査ができます。

受診方法

- ●要予約（受診を希望する医療機関に直接お申込みください。）
- ●検査当日は、保険証が必要です。
- ●所要時間はおよそ90分です。
- ●検査結果は、受診した医療機関を通じて、3週間から4週間以内にお知らせします。
- ●胃ガン検査を受診される方は、検査前日21時以降は絶飲食でお願いします。

受診場所

- ●実施日や時間帯は、各医療機関によって異なりますので、ご希望の医療機関にお問い合わせください。（受診可能な医療機関は市のホームページで確認できます。）
- ●平日のみ各町の健康センターでも受診できます。

  青木町（9：00～11：00）黒木町（12：30～14：30）緑町（14：00～16：00）

  ※上記の時間は受付時間です。

  ※事前に問診票などを送付しますので、受診希望の3週間前までに各町の健康センターに電話でご連絡ください。

  ※黒木町では胃ガン検査を実施しておりません。

- ●市の健診センターでは、土曜日と日曜日の健診を受け付けております。

  ※4週間前までに市の健診センターに、電話またはインターネットの申込ページより予約してください。

  ※申し込み状況によっては、ご希望の日に受診できない場合もございます。

  健診実施時間：＜土曜日＞9時から12時まで（受付は11時まで）

  　　　　　　　＜日曜日＞13時から16時まで（受付は15時まで）

実施日は、月によって替わります。5月と6月の実施曜日は下記の通りです。

5月	第2・第4土曜日	第1・第3日曜日
6月	第1・第2土曜日	第3・第4日曜日

N2
聴解
（50分）

N2_Listening_
Test02.mp3

注　　意
Notes

1. 試験が始まるまで、この問題用紙を開けないでください。
   Do not open this question booklet until the test begins.

2. この問題用紙を持って帰ることはできません。
   Do not take this question booklet with you after the test.

3. 受験番号と名前を下の欄に、受験票と同じように書いてください。
   Write your examinee registration number and name clearly in each box
   below as written on your test voucher.

4. この問題用紙は、全部で11ページあります。
   This question booklet has 11 pages.

5. この問題用紙にメモをとってもかまいません。
   You may make notes in this question booklet.

受験番号　Examinee Registration Number	

名前　Name	

もんだい
問題1　🔊 N2_2_02

　問題1では、まず質問を聞いてください。それから話を聞いて、問題用紙の1から4の中から、最もよいものを一つ選んでください。

例　🔊 N2_2_03

1　よやくをする

2　しんさつけんをさくせいする

3　しょるいに記入する

4　体温を測る

1番　🔊 N2_2_04

1　家をそうじする

2　おかしを買ってくる

3　おきゃくさま用のふとんとまくらを出す

4　せんたく物をとりこむ

1　ひっこしのにづくりをする
2　ベッドをそだいごみとして出す
3　リサイクルショップに電話する
4　サイトにベッドの写真をアップする

1　みんなにメールする
2　木村さんにたのむ
3　ほかのてんぽの店員にたのむ
4　お客さんに連絡する

4番 🔊 N2_2_07

1 しゅっきんじこくをきろくする

2 つくえやまどをそうじする

3 仕事内容のチェックをする

4 じこしょうかいをする

5番 🔊 N2_2_08

1 パソコンが動くかチェックする

2 パソコンとスクリーンをつなぐケーブルを置いておく

3 資料を100部印刷する

4 飲み物を机の上に並べる

問題2 🔊 N2_2_09

問題2では、まず質問を聞いてください。そのあと、問題用紙のせんたくしを読んでください。読む時間があります。それから話を聞いて、問題用紙の1から4の中から、最もよいものを一つ選んでください。

例 🔊 N2_2_10

1 体力がたくさんひつようなところ
2 セリフをたくさんおぼえないといけないところ
3 練習をたくさんしないといけないところ
4 キャラクターのせいかくを出すところ

1番 🔊 N2_2_11

1 かぜをひいたから
2 昨日お酒を飲みすぎたから
3 しゅっちょうに行かなくてもよくなったから
4 最近働きすぎだから

2番 🔊 N2_2_12

1 けんさ前日の午後8時にばんご飯を食べる
2 けんさ前日の午後8時以降に水を飲む
3 けんさ当日にコーヒーを飲む
4 けんさ当日にたばこを吸う

3番 🔊 N2_2_13

1 きんちょうしてしまったこと
2 資料を忘れてしまったこと
3 ひこうきの出発が遅れたこと
4 ひこうきの中で寝られなかったこと

4番 🔊 N2_2_14

1　子供にいろんなならいごとをさせること
2　ゆっくり親子の時間を作ること
3　家族で海外旅行に行くこと
4　毎日特別な経験を用意すること

5番 🔊 N2_2_15

1　研究する意味をはっきり説明しないこと
2　だらだらと話し続けてしまったこと
3　発表の前に練習していなかったこと
4　きんちょうして表情がかたかったこと

6番 🔊 N2_2_16

1　三連休で道路がじゅうたいしていたから
2　雪が残っていて、スピードが出せなかったから
3　交通じこにまきこまれてしまったから
4　交通じこを起こしてしまったから

聴解

問題3 🔊 N2_2_17

問題3では、問題用紙に何もいんさつされていません。この問題は、全体としてどんな内容かを聞く問題です。話の前に質問はありません。まず話を聞いてください。それから、質問とせんたくしを聞いて、1から4の中から、最もよいものを一つ選んでください。

例 🔊 N2_2_18

1番 🔊 N2_2_19

2番 🔊 N2_2_20

3番 🔊 N2_2_21

4番 🔊 N2_2_22

5番 🔊 N2_2_23

－メモ－

問題4 🔊 N2_2_24

問題4では、問題用紙に何もいんさつされていません。まず文を聞いてください。それから、それに対する返事を聞いて、1から3の中から、最もよいものを一つ選んでください。

例 🔊 N2_2_25

1番 🔊 N2_2_26

2番 🔊 N2_2_27

3番 🔊 N2_2_28

4番 🔊 N2_2_29

5番 🔊 N2_2_30

6番 🔊 N2_2_31

7番 🔊 N2_2_32

8番 🔊 N2_2_33

9番 🔊 N2_2_34

10番 🔊 N2_2_35

11番 🔊 N2_2_36

12番 🔊 N2_2_37

問題5　🔊 N2_2_38

問題5では、長めの話を聞きます。この問題に練習はありません。
問題用紙にメモをとってもかまいません。

1番　🔊 N2_2_39

2番　🔊 N2_2_40

問題用紙に何もいんさつされていません。まず話を聞いてください。それから、質問とせんたくしを聞いて、1から4の中から、最もよいものを一つ選んでください。

ーメモー

3番 🔊 N2_2_41

まず話を聞いてください。それから、二つの質問を聞いて、それぞれ問題用紙の1から4の中から、最もよいものを一つ選んでください。

質問1

1 市役所
2 自宅
3 ドラッグストア
4 公園

質問2

1 市役所
2 自宅
3 ドラッグストア
4 公園

N2
言語知識（文字・語彙・文法）• 読解
（105分）

受験番号　Examinee Registration Number	
名前　Name	

問題1 ＿＿＿の言葉の読み方として最もよいものを、1・2・3・4から一つ選びなさい。

1 東京の夏はとても<u>湿度</u>が高い。
　　1　おんど　　2　のうど　3　かくど　　　4　しつど

2 Tシャツを洗って<u>干す</u>。
　　1　ほす　　　2　むす　　3　おす　　　　　4　こす

3 自分の考えを<u>主張</u>するのは<u>重要</u>だ。
　　1　しゅうちょう　2　しゅちょ　3　しゅちょう　4　しゅうちょ

4 点滴には水分と栄養を<u>補う</u>役目がある。
　　1　うやまう　2　ともなう　3　おぎなう　4　ととのう

5 父は姉を自分の部下と<u>強引</u>に結婚させた。
　　1　きょういん　2　ごういん　3　きょうびき　4　ごうびき

問題2 ＿＿＿＿の言葉を漢字で書くとき、最もよいものを1・2・3・4から一つ選びなさい。

6 この子の絵は専門家もかんしんするほどの出来栄えだ。
　　1　観心　　　2　観信　　　3　感心　　　4　感信

7 彼は私の提案をひていした。
　　1　否決　　　2　否定　　　3　不決　　　4　不定

8 このかばんは高級なきじを使っている。
　　1　木地　　　2　生地　　　3　記事　　　4　気事

9 寒すぎて目がさめてしまった。
　　1　冷めて　　2　識めて　　3　起めて　　4　覚めて

10 これはかぜいする前の金額です。
　　1　課税　　　2　加税　　　3　科税　　　4　可税

問題3 （　　　）に入れるのに最もよいものを、1・2・3・4から一つ選びなさい。

11 こんな（　　　）夜中に庭で音がしているが、何だろう。

1 深　　　2 心　　　3 本　4 真

12 私は毎朝、川（　　　）の道をジョギングしている。

1 つき　　　2 そば　　　3 がわ　　　4 ぞい

13 住民の約半数が駅前の（　　　）開発に反対している。

1 再　　　2 公　　　3 最　4 道

14 あの写真（　　　）は、世界中で人気がある。

1 者　　　2 家　　　3 職　4 師

15 映画館で大きな声で話すのは（　　　）常識です。

1 非　　　2 無　　　3 不　4 未

問題４　（　　　　）に入れるのに最もよいものを、１・２・３・４から一つ選びなさい。

16 私は彼のことを（　　　）知らない。
1　いっさい　2　ひっそり　3　なかなか　4　わずかに

17 彼は授業中勉強しないで、友達といつも（　　　）いる。
1　あきらめて　2　おこたって　　　3　ふざけて　4　つまずいて

18 日本の（　　　）文化を代表するものの一つにアニメ・マンガがある。
1　現在　　　2　最近　　3　近頃　　　4　現代

19 駅で大学の友だちに（　　　）会った。
1　ぴったり　2　ばったり　3　ゆったり　　4　ぐったり

20 （　　　）客がくるので、店員は休むひまがない。
1　続々と　　2　着々と　　3　転々と　　4　別々に

21 今回の試験は、（　　　）難しかった。
1　わりと　　2　わざと　　3　思わず　　4　きっと

22 必ずしも行く必要はありません、（　　　）です。
1　同意　　　2　熱意　　3　誠意　　　4　任意

問題5 ＿＿＿の言葉に意味が最も近いものを、1・2・3・4から一つ選びなさい。

23 この道は暗くて人も少なくて、物騒だ。

1　きらいだ　　2　危険だ　　3　困る4　静かだ

24 夜が明けて、鳥がいっせいに飛び立った。

1　一度にみんな　　2　それぞれ別に　　　3　たくさん　　　4　にぎやかに

25 そろそろ出かける支度をしようと思う。

1　様子　　　2　用意　　　3　順番　　　　4　整備

26 子供たちがなかなか帰ってこないので、ほうぼう探し回った。

1　うろうろ　　2　あちこち　3　あれこれ　　4　それぞれ

27 自動運転の車が普及すれば交通事故が減ると言われている。

1　禁止になれば　　2　知られれば　3　許可されれば　　　4　広がれば

問題6　次の言葉の使い方として最もよいものを、1・2・3・4から一つ選びなさい。

28 礼儀

1　人に会ったら、必ず礼儀をしよう。

2　弟の礼儀はいつも悪い。

3　彼にプレゼントをもらったので、今度礼儀をしよう。

4　彼女は仕事はできるが、礼儀やマナーを知らない。

29 なだらかな

1　この仕事はとてもなだらかなので、すぐにできる。

2　彼はなだらかな人なので、友だちが多い。

3　学校の前に、なだらかな坂道がある。

4　もう少し、なだらかに話してくれませんか。

30 うんざり

1　先生のうんざりした授業に感動した。

2　会社は何年働いても給料が変わらない。もううんざりだ。

3　薬を飲んでもなかなか治らない。うんざりした風邪だ。

4　彼は貸した物を返さないうんざりした性格だ。

31 変換

1　旅行の予定を変換します。

2　ひらがなを漢字に変換します。

3　午後になって天気が変換してきた。

4　購入金額を変換します。

32 手当て

1　転んでケガをしたので、病院で手当てしてもらった。

2　彼女が手当てのケーキを作ってくれた。

3　パソコンでなく手当てで手紙を書いた。

4　私の父は毎日庭の手当てをしている。

問題7 次の文の（　　　　）に入れるのに最もよいものを、1・2・3・4から一つ選びなさい。

33 弟は私の本を持って行った（　　　）返してくれない。

1　きり　　　　2　ばかり　　3　すえに　　　4　うえで

34 申し訳ありませんが、面接の結果は電話ではお答え（　　　　）ので、近日中にお送りするメールをご確認ください。

1　しづらいです　　　　　2　しがたいです

3　しかねます　　4　しようがないです

35 薬を飲んだが、よくなる（　　　）症状が悪化した。

1　ところが　2　ところで　3　ときたら　　4　どころか

36 経営者である（　　　）、会社の代表として業績悪化の責任を取るべきです。

1　次第　　　2　一方　　3　以上　　　4　以降

37 コンサートのチケットを買った（　　　）、仕事が忙しくて行けるかどうかわからない。

1　ものが　　2　ものの　　3　ものは　　　4　ものでも

38 彼がたばこをやめたのは、家族のサポートが（　　　　）。

1　あるにかぎったことではない　　　2　ないというものではない

3　あったからにほかならない　　　4　あったにすぎない

39 A「昨日の夜のパーティー、遅くまで盛り上がっていたみたいだね。」
B「うん。友達との話がはずんで、もう少しで終電に乗り遅れる（　　　）よ。」

1　ところだった　　　　　2　はずだった

3　ときだった　　　4　そうだった

40 最近、彼女は体調が悪くて、学校を休み（　　　）だ。

1　だらけ　　2　げ　　　3　がち　　　　4　っぽい

41 日本での生活はお金がかかるので、お金を稼（かせ）ぐためにアルバイトを（　　　）。

1 しないわけだ　　　　　2 しないわけにはいかない

3 するわけだ　　　4 するわけにはいかない

42 A「週末、遊びに行かない?」
B「来週から試験だから、（　　　）よ。」

1 遊んでもさしつかえない　2 遊んでもかまわない

3 遊んでいる場合じゃない4 遊ばざるをえない

43 昨日の地震で、電気（　　　）水道も止まってしまった。

1 はともかく 2 はおろか3 こそは　　　4 だけは

44 A「日本語の勉強のために本を買おうと思ってるんだけど、これとこれ、どっちがいいかな。」
B「私は、迷ったときは（　　　）難しい方を選ぶようにしているよ。その方が自分のために
なると思うよ。」

1 せっかく　2 あえて　3 それでも　4 まさか

問題8　次の文の　★　に入る最もよいものを、1・2・3・4から一つ選びなさい。

（問題例）

木の _____ _____ ★ _____ います。
　　1　が　　2　に　　3　上　　4　ねこ

（解答のしかた）

1.　正しい文はこうです。

木の _____ _____ ★ _____ います。
　　3　上　　2　に　　4　ねこ　　1　が

2.　★　に入る番号を解答用紙にマークします。

（解答用紙）　| （例） | ① ② ③ ● |

---

45 こんなに探し回っても _____ _____ ★ _____ ようだ。
　1　あきらめる　2　なら　　3　ほかはない　4　見つからない

46 山田さんが作ったこの資料、_____ _____ ★ _____ よくできている。
　1　30分　　2　作った　3　で　4　にしては

47 ビザが出るまで _____ _____ ★ _____ もかかった。
　1　1週間くらい　　　　2　それどころか
　3　2週間　　　　4　かと思ったが

48 仕事は、日曜・祝日 ＿＿＿＿ ＿＿＿＿ ＿★＿ ＿＿＿＿ 休みです。

1 もちろん　2 は　　　3 土曜日　　4 も

49 プレゼンテーション用の資料を作成 ＿＿＿＿ ＿＿＿＿ ＿★＿ ＿＿＿＿ 読みやすさがぜんぜんちがいます。

1 意識するのと　　　　　2 一文の文字数を

3 しているとき　　　　　4 しないのとでは

問題9　次の文章を読んで、文章全体の内容を考えて、[50] から [54] の中に入る最もよいものを、1・2・3・4から一つ選びなさい。

　　　大卒の就職難そのものは驚くような事態ではありません。昔とくらべて大卒の人数が大幅にふえているからです。大学の数がふえたことで、昔は大学に進学しなかった人たちも大卒の資格を[50]。

　　　もし、それが大学をふやしてほしいという産業界の要望によるものだったなら、就職口のない学生が約束違反だと文句をいうこともできるでしょう。しかし実際は、大学が勝手に学生の数をふやして社会に送り出しているのです。学生のほうも、大学を出ればいい会社に就職できるだろうという安易な思い込みでそこに進学します。みんな引き受けろといわれても、企業も困るでしょう。

　　　そこへもってきて、就職先を選ぶ学生の判断力がきわめて低い。自分が何をしたいのかじっくり考える[51]、人気のある企業や業界に殺到します。そうやって自分たちで闇雲に競争率を高めておいて、採用されないというのでは、自業自得[52]。一方で、優秀な人材を必要としているのに、人気がないゆえに学生の集まらない企業や業界もあるのです。

　　　[53]、まず考えなければいけないのは、人気があるからといって良い会社だとはかぎらないということでしょう。多くの人が良い会社だから人気があると思い込んでいますが、[54]そういうことはありません。

　　　　　　　　　　（外山滋比古『考えるとはどういうことか』集英社インターナショナルによる）

（注1）　闇雲に：後のことを考えないで

（注2）　ゆえに：ので

50

1　得ずにすみました　　　2　得たところでした

3　得るようになりました　　4　得ようとしませんでした

51

1　だけではなく　　2　こともなく　　　3　からといって　4　にもかかわらず

52

1　というだけのことはあります　　　　2　といわれても仕方がありません

3　ということにはなりません　　　　　4　とはいえません

53

1　それとも　　　　2　かといって　　　3　ただちに　　　　4　ですから

54

1　かならずしも　　2　とうてい　　　3　思うように　　　4　とっくに

問題10 次の(1)から(5)の文章を読んで、後の問いに対する答えとして最もよいも
のを、1・2・3・4から一つ選びなさい。

(1)

　人間は一定時間、沈黙していることができなければならない。それと同時に、喋りたくない時
でも、あたりの空気を重くしないために、適当な会話を続ける必要のある時もある。沈黙を守れ
ない人で、きちんとした思想のある人物は見たことがない。それと同時に、会食の席などでは、
相手を立てながら、会話を続ける技術もなくて一人前とは言いがたい。

　　　　　　　　　　　　　　　（曽野綾子『自分をまげない勇気と信念のことば』ワックによる）

55 筆者はどんな人が一人前だと考えているか。

　1　一定時間沈黙を守ったあとに、相手を立てた会話ができる人

　2　きちんとした思想を持って、沈黙を守り続けられる人

　3　あたりの空気を重くしないように、相手を立てながら会話をし続けられる人

　4　会話を続ける技術があるだけでなく、一定時間沈黙を守れる人

(2)

　健康第一というのは、健康なときにはわからない。健康はふつうのときには当たり前のことだからだ。体をこわしてやっと、健康第一なんだとつくづく思う。だから健康とは、空気みたいなものだといえる。あって当たり前で、ふつうは意識もされない。だから健康の中には、いろんなものが隠されている。ふだんは見えない体の秘密が、健康を害したときにはじめていろいろ見えてくる。病気は体ののぞき穴だ。

（赤瀬川原平『増補 健康半分』デコによる）

56 「病気は体ののぞき穴」とはどういうことか。

　　1　病気になると、自分の体のどこが健康かわかるようになる。

　　2　病気になると、健康は空気みたいなものだと意識されるようになる。

　　3　病気になると、ふつうは意識しない体の秘密が見えるようになる。

　　4　病気になると、人間の体の構造が理解できるようになる。

(3)

　（若い世代に）自分の思いをまっすぐにぶつければ、必ずや共通項を見出すことができるだろう。

　若い世代とつきあうからといって、意識したり、かまえたりすると、それはそのまま伝わってしまうから、自然体で対するに限る。

　とても理解できない、ついていけないと思ったら、想像力をたくましくすること。自分がこのくらいの年代のときはどうだっただろうか、自分の若い頃、年上の人をどう見ていただろうかと考えてみる。

　そこから答えが出てくるかもしれない。

（下重暁子『女50代 美しさの極意』大和出版による）

---

57 筆者は、若い世代とつきあうためには、どうすればいいと考えているか。

　1　ついていけないと思っても、つきあい続ければ必ず共通項が見出せるはずである。

　2　あまりあれこれ考えないで、ありのままの自分で若者と対すればいい。

　3　想像力をたくましくさせ、若者が好きそうな話をすればいい。

　4　自分が若かった頃を思い出し、自分が年上の人に対していたようにすればいい。

(4)

いつもピアノレッスンにご参加頂き、御礼申し上げます。おかげさまで、当教室は、5月で10周年を迎えることとなりました。これもひとえにご参加くださる皆様のおかげであると心より感謝しております。

さて、10月から消費税の増税が決定いたしました。今までレッスン料金を値上げせずにやってまいりましたが、今回の増税に伴いまして、ついに料金の見直しをせざるを得なくなりました。そのため、下記の通り料金の改定を実施させていただくこととなりましたのでお知らせいたします。

皆様にご迷惑をおかけするのは心苦しい限りでございますが、ご理解くださいますよう、よろしくお願い申し上げます。

58 この文書を書いた、一番の目的は何か。

1　10周年記念の案内

2　レッスン参加のお礼

3　消費税増税の報告

4　料金の改定のお知らせ

⑸
　現代社会は物理学がないと何もできません。たとえば時計にしても、昔は機械仕掛けの世界でしたが、ちょっと時計が趣味の人は簡単な修理くらいはできた。ある程度手で触れることができたのですね。しかし、科学技術は細分化の果てに、普通の人には触れられない「何か」に変貌を遂げました。時計でいうと、今はクオーツ時計や電波時計があります。でも、そういった最先端技術を駆使した時計の中身について、ふつうの人はほとんど何もイメージできないし、触ることもできません。

（竹内薫『　科学予測は8割はずれる』東京書籍による）

59 ここでいう「何か」とは、どんなことを指しているか。
　　1　仕組みが複雑すぎて理解できないもの
　　2　壊れてしまったら二度と直せないもの
　　3　手で触れると壊れてしまうほど繊細なもの
　　4　最先端技術によって修理しなくてもよくなったもの

問題11 次の(1)から(3)の文章を読んで、後の問いに対する答えとして最もよいものを、1・2・3・4から一つ選びなさい。

　「おひとりさま」の数が急増している。「おひとりさま」とは、本来「一人」をていねいにいう言葉で、飲食店などの一人客を指すが、最近では独身の男女という意味から、一人で食事や旅行、趣味を楽しむなど一人の時間を謳歌している人たちのことまで幅広く意味するようになった。かくいう私もずっとおひとりさまで、以前はレストランに一人で行くと、周りのカップルや家族に囲まれて肩身が狭い思いをすることがあったが、仲間が増え、大変心強く思っている。

　おひとりさまが増えた背景には、独身女性の増加だけでなく、働く女性が増えたことも大きい理由にあげられる。経済的に自立した女性が、結婚後も自分で稼いだお金で自分だけの時間を楽しむことが増えたのだ。私の姉が良い例で、子供の手が離れたことを良いことに、一人で登山や海外旅行に行くなど、充実した毎日を送っている。

　また、おひとりさま増加に伴い、それに対応した商品やサービスも広がりを見せている。ひとり用の炊飯器や電気ポットなどが店頭に並ぶようになった。旅行会社のひとり旅プランや、焼き肉屋のひとり焼き肉用カウンター席の設置など、一人客をターゲットにしたサービスも充実してきている。おひとりさま道まっしぐらの私にとっては、これからどんなサービスが増えていくか、楽しみである。

（注1）謳歌する：十分に楽しむ

（注2）肩身が狭い：世間に対して申し訳なく感じる

（注3）手が離れる：子供が成長して、世話が必要でなくなる

（注4）まっしぐら：勢いよく進む様子

60 筆者はなぜ①心強く思っているのか。

1 独身の人のことを丁寧に呼ぶ言い方が、やっと広まってきたから。

2 周りのカップルや家族が、あまりレストランで食事をすることがなくなったから。

3 以前は一人で外で食事をする人がいなかったが、最近はそうする人が増えたから。

4 昔の飲食店には一人で入ることができなかったが、今は自由にできるようになったから。

61 ②良い例とあるが、何の良い例と言っているのか。

1 結婚しても自分が働いたお金で自分の時間を楽しんでいる女性

2 ずっと結婚せずにおひとりさまの生活を楽しんでいる女性

3 結婚しても子供を持たずにそれぞれが経済的に独立している夫婦

4 結婚後、子供の手が離れてから充実した日々を送っている夫婦

62 おひとりさまについて、筆者の考えに合うのはどれか。

1 おひとりさまに対応した商品やサービスはまだ充実していない。

2 おひとりさまに対する社会の変化は興味深い。

3 自分のようなおひとりさまがもっと増えてほしい。

4 おひとりさまという言葉の意味が、これからも変化していくだろう。

(2)

　私がものごころついた頃は、もう日本は日本でなくなりはじめていた。着物を着ている人もいるにはいたが、洋服が主流になっていた。畳の間はまだあったけれど、人々は椅子（いす）の暮らしの方が楽だと思いはじめていた。人々あるいは日本全体が、欧米のものをよしとして、それを追っていた。

　身近に欧米のものが溢（あふ）れだし、日本のものはだんだんと後方に押しやられてゆく。そんな中で、われわれは育った。人のせいにするわけではないが、そこでどうやって日本の美にふれられようか。日本の心にふれて、日本人になれようか。われわれは日本よりも欧米文化を身近に感じ、それを素直（すなお）に吸収していったのであって、その結果がこれなのだ。
①

　でも何かがきっかけで、日本のものにふれることがある。あるいは、何かを機に日本のものを、ということになるのかもしれない。それだけ日本のものが特別なものになっているということなのだが、私もまた大学卒業を機に、一念発起してお茶を始めた。（中略）

　そのはずなのだが、いつか、こうした感覚が懐（なつ）かしいものに思えてきたのはどうしたことか。知らないはずなのに、新しいと思っていたはずなのに、知っているような気がする。自分の奥底の何かが振（ふ）れた、そんな感じ。私は、やっぱり、日本人なのだ。そしてその感覚が快いから、こうしてお茶も続いているのだろう。
②

（有吉玉青『雛を包む』平凡社による）

63 ①その結果がこれなのだとはどういうことか。

1　欧米のものをどんどん取り入れた結果、日本のものにふれる機会が減少していった。

2　欧米のものが身近に溢れた結果、さらに日本の美にふれられるようになった。

3　日本のものが後方に押しやられた結果、日本文化を素直に吸収していった。

4　日本全体が欧米のものをいいと考えた結果、何でも人のせいにするようになった。

64 ②その感覚とはどのような感覚か。

1　欧米のものを追いかける感覚

2　新しいことを始める感覚

3　昔やったことがあることを思い出す感覚

4　自分が日本人であると再認識する感覚

65 筆者がこの文章でいちばん言いたいことは何か。

1　欧米文化が生活の中心になっていることは不自然なので、欧米のものをできる限り遠ざけて、日本のものを積極的に取り入れたほうがいい。

2　欧米のものに囲まれた生活が当たり前になってしまったので、日本人にお茶などを特別に教える機会を作るべきだ。

3　日本のものにふれる機会が減ったとしても、それにふれる機会さえあれば、いつでも日本人の心を取り戻すことができる。

4　日本のものが特別なものになってしまった以上、日本人はもっと素直に欧米文化を吸収し、さらに文化を発展させていかなければならない。

(3)

　日本には科学館・博物館・プラネタリウム・天文台など科学に関わる展示や講演会などを行いつつ、訪問者が実験や観測に参加できるような施設が多く存在する（欧米に比べても遜色ないどころか、その数は上回っている）。そこには当然学芸員がいて、展示物の解説をしたり、それに関する質問に答えたりしてくれる。学芸員がいわば科学ソムリエの役割を果たしているのである。私が教えた大学院生が学芸員として就職し、時折その苦労話を聞くが並大抵な仕事ではないことがよくわかる。

　第一は、毎月のように出し物の中身を変え、新しいトピックに敏感に反応しないとすぐに飽きられてしまうから、先を読んで展示物を工夫することが絶えず求められる点だろう。予算の関係もあって年度当初に展示計画を組んでいるのだが、日本人のノーベル賞受賞のような想定していなかった事態が生じると急遽それに変えねばならない。

　それに伴って、どんな分野についても専門家並みの知識を身に付ける必要があるのも苦労することらしい。学芸員それぞれは一つの分野の専門家ではあるけれど、それでカバーできる範囲は狭く、数少ない人数でどんどん専門分化する科学の全領域をカバーしなければならない。そのためインターネットで知識を得ただけであっても、<u>いかにもその専門家であるかのように振る舞うこと</u>になる。

（池内了『現代科学の歩きかた』河出書房新社による）

（注）ソムリエ：ワインの専門知識をもち、レストランで客がワインを選ぶ手助けをする人

66 ①科学ソムリエとはどんな人のことを指しているか。

1　科学に関わる新しいトピックに敏感に反応できる人

2　科学についてわかりやすく説明してくれる人

3　科学の全領域をどんどん専門分化できる人

4　科学研究でノーベル賞を受賞する人

67 ② いかにもその専門家であるかのように振る舞うことになるとあるが、それはなぜか。

1　訪問者は学芸員を専門家であると思っているので、知らないといういいわけはできないから。

2　専門家としてプライドが高いので、知識がなくてもわからないとは言いたくないから。

3　専門家のように振る舞えば、あまり知識がなくても上手くごまかせるから。

4　インターネットさえあれば、すぐに専門家並みの知識を身に着けることができるから。

68 筆者は学芸員についてどのように述べているか。

1　日本の科学に関わる展示は、欧米よりも数が多く、すばらしいので、もっと自信を持つべきだ。

2　科学の知識があまりなくてもインターネットを利用して調べれば、だれにでもできる仕事だ。

3　新しい企画を次々考えなければならないので、アイディアをたくさん持っている人が向いている。

4　展示の企画だけではなく、科学のどの分野についても豊富な知識を身につけなければならない大変な仕事だ。

問題12 次のＡとＢの文章を読んで、後の問いに対する答えとして最もよいものを、1・2・3・4から一つ選びなさい。

Ａ

　　最近は子供にスマートフォンを渡して、自由に使わせる親が増えているという。いわゆる「スマホ育児」というやつだ。私が子育てをしていた時代には、そんな物などなかったので、静かにしてほしい場所で子供が泣き出したり、動き回ったりしたときは、必死になだめたものだ。そんな状態では子供がかわいいだなんてとても思えなかった。だから親が疲れ果て、子供にイライラしてしまう前に、便利なものに頼ってもいいと思う。確かに、長時間の利用は視力を低下させる、発達を妨げるなど懸念もある。それらをしっかり理解したうえで、便利なものを取り入れながら、心に余裕を持って子供と向かい合えるなら、スマホ育児は決して悪いものではないと思う。

Ｂ

　　この前、食事に行ったとき、若い夫婦が3歳くらいの子供にスマホを持たせ、自分たちはゆっくりと食事をとっていた。確かに子供がいると、親は満足に食事すらできない。しかし、子供の社会性やコミュニケーション能力を育てるためには、積極的なコミュニケーションをとるべきであり、それこそが親の責任というものだろう。そもそも脳が未発達の幼少期にスマホを使わせすぎれば、子供に悪影響を及ぼすことはさまざまな専門家が指摘している事実である。長い人生において、子育てする時間は短い。子供の将来を思えば、ほんのわずかな時間、親が楽しみたいからという理由で、かんたんにスマホを与えてはならないと思う。

69 AとBは自分の子育て経験について何と述べているか。

1 AもBも自分の経験については述べていない。

2 AもBも便利なものは使わず子供と積極的にコミュニケーションをとってきたと述べている。

3 Aは心の余裕がないときがあったと述べ、Bは常に子供に向き合ってきたと述べている。

4 Aは子供にイライラすることがあったと述べ、Bは自分の経験については述べていない。

70 AとBで共通して述べられていることは何か。

1 子育ては大変なのだから、時には親も楽をしてもいい。

2 今の親はスマホ育児ができるのでうらやましい。

3 親は常に子供と向き合い、積極的にコミュニケーションをとるべきである。

4 子供の発達に悪影響を及ぼす恐れがあるので、気をつけたほうがいい。

問題13 次の文章を読んで、後の問いに対する答えとして最もよいものを、1・2・3・4から一つ選びなさい。

　若い時には視野に入らないのに、人生の後半に差し掛かった辺りで徐々に姿を現す壁がある。例えば、親の老化。この問題の大変さを多くの人が味わうことになるのだが、実際に直面するまではなかなかぴんとこないものだ。

　思春期くらいの頃、親のやることなすことにいちいちイラッときた。一緒にテレビを観ている時に笑うタイミングが気に入らない。「おへそ出てるよ」「へー、そう」という会話に大喜びしている両親の姿を見ると、心がドライアイスのように冷たくなった。あーやだ、どうしてうちの親はこんなにダサいんだろう。そのくせこっちの生活にあれこれ口を出してくる。当時の自分にとって、親とは永遠にダサくて元気で邪魔な存在だった。

　だが、その永遠に、小さな亀裂が入る日が来る。大学生の時だった。私は実家から遠い大学<u>①</u>に入ってすっかり羽を伸ばしていた。親のダサさも口出しもここまでは届かない。そんな或る日、一年ぶりに実家に帰って彼らの顔を見た瞬間に、あれ？　と思った。なんか、老けてる？　でも、そりゃそうか、とすぐに思い直す。もう歳だもんな。でも、相変わらずうるさいし、ぴんぴんしてるから、まあいいや。

　本当の恐怖を味わったのは、それから二十数年後だった。或る夕方、居間に二人でいた時のこと。母親が私に云った。

「今は昼かい？　夜かい？」

　<u>ぞっとした</u>。夕方だよ、と投げつけるように答えてしまった。彼女は呆けていたわけではない。<u>②</u>ただ持病の手術で入院していて、家に戻ったばかりだったのだ。そんな場合は昼夜の区別が曖昧になることがある、と後から聞かされたのだが、その時はひたすらこわかった。母が壊れてしまった、と思った。

　親に対する意識は激変した。ダサくてもうるさくても、とにかく元気でさえいてくれればいい。だが、母は少しずつ確実に弱っていった。彼女の持病は糖尿病だった。徐々に目が見えなくなり、腎臓の機能が落ちて透析も始まった。

　でも、「今は昼かい？　夜かい？」の後、真のこわさに直面することはなかった。私は彼女の老いから目を背けていた。それができたのは、全ての面倒を父が看ていたからだ。病院への付き添い、介護、家事、その他を、彼は一人でこなしていた。妻を守ると同時に子供である私をも守ろうとしていたのだろう。

（穂村弘『鳥肌が』PHP研究所による）

71 ①<u>小さな亀裂が入る日</u>とはどんなことか。

　1　親にイラッとして、邪魔に思った日

　2　親の存在が面白くなくて、心が冷たくなった日

　3　親がぴんぴんしているのを見て安心した日

　4　親はいつまでも元気ではないと気づいた日

72 筆者はどうして②<u>ぞっとした</u>のか。

　1　母親が簡単なことすらわからなくなっていることが怖かったから

　2　母親が歳を取ってもうるさく、ぴんぴんしていることが怖かったから

　3　母親が急に自分に話しかけてきたことが怖かったから

　4　母親に言葉を投げつけるように答えてしまったことが怖かったから

73 筆者の親に対する考え方であっているものはどれか。

　1　親が徐々に弱っていくことは当たり前のことなので、病院への付き添い、介護、家事などは全て子供がやるべきだ。

　2　子供はいつまでも親は元気でうるさい存在であると信じているため、親の老化に気付きにくく、目を背けてしまうことが多い。

　3　親とはたとえ年老いたとしても、子供の生活にあれこれとうるさく口出ししてくる邪魔な存在であることには変わらない。

　4　親が歳を取って弱くなってきたときこそ、家族を守るために、家族全員で親の面倒を看るべきだ。

問題14 右のページは、ひまわり市の公共施設の利用案内である。下の問いに対する答えとして最もよいものを、1・2・3・4から一つ選びなさい。

74 高校生の島田さんが利用者登録をするとき、どうすればいいか。

　1　地域課の窓口で利用者IDとパスワードを入力する。

　2　地域課の窓口で身分証明書と学生証を見せ、1,500円支払う。

　3　各施設の窓口で身分証明書と利用者登録カードを見せ、1,500円支払う。

　4　インターネットで利用者IDとパスワードを入力する。

75 森さんはテニスコートを予約していたが、当日キャンセルすることになった。どうすればいいか。

　1　地域課の窓口に行く。

　2　施設に電話連絡をする。

　3　地域課の窓口でキャンセル料を払う。

　4　インターネットからキャンセルをする。

ひまわり市 公共施設利用予約について

市民のみなさんが、テニスやバスケットボール等のスポーツをしたり、茶道や合唱等の趣味を楽しんだり、会議などを開くときに、市内の公共施設がご利用いただけます。
利用できる施設は、集会施設、公園施設、スポーツ施設、市民ホールです。

● **利用方法について**

初めて利用される方は、事前に地域課の窓口で利用者登録が必要となります。

※ 利用者登録に必要なもの

✓ 住所・氏名・生年月日がわかる身分証明書（運転免許証・パスポート・健康保険証等）をお持ちください。

✓ 学生の方は、身分証明書（運転免許証・パスポート・健康保険証等）とあわせて学生証が必要です。

✓ 利用者登録料1,500円

利用者登録後、利用者登録カードを発行いたします。利用者登録カードは、施設予約、利用の際に必要になります。

● **施設の予約について**

インターネットまたは地域課の窓口で予約が可能です。

インターネット予約をご利用の際は、ひまわり市のホームページにアクセスし、利用者登録カードに書かれた利用者IDとパスワードを入力してください。市内各所の施設予約や予約の確認および空き状況を確認することができます。

● **使用料の支払いについて**

使用料は、利用する前までに地域課または各施設の窓口でお支払いください。

使用料は、施設によって異なります。地域課または各施設にお問い合わせください。

● **キャンセルについて**

利用2日前まではインターネットからのキャンセルが可能です。利用前日、利用当日のキャンセルは、ご利用予定の施設で手続きを行います。必ず各施設へ電話連絡をお願いします。利用2日前までにキャンセルの手続きをされた方には、事前にお支払いいただいた使用料を返金いたします。インターネットまたは地域課の窓口で返金手続きを行います。当日および前日に自己都合で利用を取り消す場合は、キャンセル料として使用料をいただきますのでご注意ください。

ひまわり市役所　地域課
電話：0678-12-9876

N2
聴解
（50分）

N2_Listening_
Test03.mp3

注　意
Notes

1. 試験が始まるまで、この問題用紙を開けないでください。
   Do not open this question booklet until the test begins.

2. この問題用紙を持って帰ることはできません。
   Do not take this question booklet with you after the test.

3. 受験番号と名前を下の欄に、受験票と同じように書いてください。
   Write your examinee registration number and name clearly in each box below as written on your test voucher.

4. この問題用紙は、全部で11ページあります。
   This question booklet has 11 pages.

5. この問題用紙にメモをとってもかまいません。
   You may make notes in this question booklet.

受験番号　Examinee Registration Number	
名前　Name	

れい
例　🔊 N2_3_03

1　よやくをする

2　しんさつけんをさくせいする

3　しょるいに記入する
　　　　　　　き にゅう

4　体温を測る
　　たい おん　はか

ばん
1番　🔊 N2_3_04

1　じょうしにれんらくする

2　せんたくものを取りこむ
　　　　　　　　　　と

3　買い物に行く
　か　もの　い

4　おかずを作る
　　　　　　つく

第
3
回

聴

解

2番 🔊 N2_3_05

1　ろんぶんを書く

2　ゼミの先生に相談する

3　調査をしてくれる人を探す

4　調査のじゅんびをする

3番 🔊 N2_3_06

1　業者に電話する

2　資料をコピーする

3　資料の作り直しを手伝う

4　打ち合わせのじゅんびをする

4番 🔊 N2_3_07

1 薬を飲む
2 帰ってねる
3 病院に行く
4 病院を予約する

5番 🔊 N2_3_08

1 中村さんにあいさつする
2 インターネットを設定する
3 昼食のじゅんびをする
4 メモを書く

問題2 🔊 N2_3_09

　問題2では、まず質問を聞いてください。そのあと、問題用紙のせんたくしを読んでください。読む時間があります。それから話を聞いて、問題用紙の1から4の中から、最もよいものを一つ選んでください。

例 🔊 N2_3_10

1　体力がたくさんひつようなところ

2　セリフをたくさんおぼえないといけないところ

3　練習をたくさんしないといけないところ

4　キャラクターのせいかくを出すところ

1番 🔊 N2_3_11

1　地下1階と地下2階

2　1階と3階

3　2階と4階

4　1階と2階と3階

2番 🔊 N2_3_12

1　よていが早くなったこと
2　作るぶひんがへったこと
3　はたらく人がふえること
4　ボーナスが出たこと

3番 🔊 N2_3_13

1　おおさかりょこう
2　工場見学
3　ぶんかさい
4　ボランティア

4番 🔊 N2_3_14

1 図書館
2 コンビニ
3 トイレ
4 先生の研究室

5番 🔊 N2_3_15

1 6時
2 9時
3 12時
4 15時

6番 🔊 N2_3_16

1 じぶんの考えを決められないところ
2 まわりの人の考えをすぐ聞いてしまうところ
3 さいごまで考えることをしないところ
4 まわりのへんかに合わせられないところ

第3回

聴解

問題3 🔊 N2_3_17

問題3では、問題用紙に何もいんさつされていません。この問題は、全体としてどんな内容かを聞く問題です。話の前に質問はありません。まず話を聞いてください。それから、質問とせんたくしを聞いて、**1**から**4**の中から、最もよいものを一つ選んでください。

例 🔊 N2_3_18

1番 🔊 N2_3_19

2番 🔊 N2_3_20

3番 🔊 N2_3_21

4番 🔊 N2_3_22

5番 🔊 N2_3_23

ーメモー

問題4 🔊 N2_3_24

問題4では、問題用紙に何もいんさつされていません。まず文を聞いてください。それから、それに対する返事を聞いて、1から3の中から、最もよいものを一つ選んでください。

例 🔊 N2_3_25

1番 🔊 N2_3_26

2番 🔊 N2_3_27

3番 🔊 N2_3_28

4番 🔊 N2_3_29

5番 🔊 N2_3_30

6番 🔊 N2_3_31

7番 🔊 N2_3_32

8番 🔊 N2_3_33

9番 🔊 N2_3_34

10番 🔊 N2_3_35

11番 🔊 N2_3_36

12番 🔊 N2_3_37

問題5 🔊 N2_3_38

問題5では、長めの話を聞きます。この問題には練習はありません。
問題用紙にメモをとってもかまいません。

1番 🔊 N2_3_39

2番 🔊 N2_3_40

問題用紙に何もいんさつされていません。まず話を聞いてください。それから、質問とせんたくしを聞いて、1から4の中から、最もよいものを一つ選んでください。

ーメモー

3番 🔊 N2_3_41

まず話を聞いてください。それから、二つの質問を聞いて、それぞれ問題用紙の1から4の中から、最もよいものを一つ選んでください。

質問1

1　15インチのパソコン
2　13インチのパソコン
3　12インチのパソコン
4　10インチのパソコン

質問2

1　15インチのパソコン
2　13インチのパソコン
3　12インチのパソコン
4　10インチのパソコン

聴解

合格模試　解答用紙

N2 言語知識（文字・語彙・文法）・読解

第1回

受験番号　Examinee Registration Number

名前　Name

問題1

	1	2	3	4
1	①	②	③	④
2	①	②	③	④
3	①	②	③	④
4	①	②	③	④
5	①	②	③	④

問題2

	1	2	3	4
6	①	②	③	④
7	①	②	③	④
8	①	②	③	④
9	①	②	③	④
10	①	②	③	④

問題3

	1	2	3	4
11	①	②	③	④
12	①	②	③	④
13	①	②	③	④
14	①	②	③	④
15	①	②	③	④

問題4

	1	2	3	4
16	①	②	③	④
17	①	②	③	④
18	①	②	③	④
19	①	②	③	④
20	①	②	③	④
21	①	②	③	④
22	①	②	③	④

問題5

	1	2	3	4
23	①	②	③	④
24	①	②	③	④
25	①	②	③	④
26	①	②	③	④
27	①	②	③	④

問題6

	1	2	3	4
28	①	②	③	④
29	①	②	③	④
30	①	②	③	④
31	①	②	③	④
32	①	②	③	④

問題7

	1	2	3	4
33	①	②	③	④
34	①	②	③	④
35	①	②	③	④
36	①	②	③	④
37	①	②	③	④
38	①	②	③	④
39	①	②	③	④
40	①	②	③	④
41	①	②	③	④
42	①	②	③	④
43	①	②	③	④
44	①	②	③	④

問題8

	1	2	3	4
45	①	②	③	④
46	①	②	③	④
47	①	②	③	④
48	①	②	③	④
49	①	②	③	④

問題9

	1	2	3	4
50	①	②	③	④
51	①	②	③	④
52	①	②	③	④
53	①	②	③	④
54	①	②	③	④

問題10

	1	2	3	4
55	①	②	③	④
56	①	②	③	④
57	①	②	③	④
58	①	②	③	④
59	①	②	③	④

問題11

	1	2	3	4
60	①	②	③	④
61	①	②	③	④
62	①	②	③	④
63	①	②	③	④
64	①	②	③	④
65	①	②	③	④
66	①	②	③	④
67	①	②	③	④
68	①	②	③	④

問題12

	1	2	3	4
69	①	②	③	④
70	①	②	③	④

問題13

	1	2	3	4
71	①	②	③	④
72	①	②	③	④
73	①	②	③	④

問題14

	1	2	3	4
74	①	②	③	④
75	①	②	③	④

合格模試　解答用紙

N2　聴解

受験番号　Examinee Registration Number

名前　Name

〈ちゅうい　Notes〉

1. くろいえんぴつ (HB、No.2) でかいてください。
Use a black medium soft (HB or No.2) pencil.
（ペンやボールペンではかかないでください。）
(Do not use any kind of pen.)

2. かきなおすときは、けしゴムできれいにけしてください。
Erase any unintended marks completely.

3. きたなくしたり、おったりしないでください。
Do not soil or bend this sheet.

4. マークれい　Marking Examples

よいれい Correct Example	わるいれい Incorrect Examples
●	⊗ ◌ ◍ ⊘ ⊖ ◓

もんだい 問題 1

例	①	②	●	④
1	①	②	③	④
2	①	②	③	④
3	①	②	③	④
4	①	②	③	④
5	①	②	③	④

もんだい 問題 2

例	①	②	●	④
1	①	②	③	④
2	①	②	③	④
3	①	②	③	④
4	①	②	③	④
5	①	②	③	④
6	①	②	③	④

もんだい 問題 3

例	①	●	③	④
1	①	②	③	④
2	①	②	③	④
3	①	②	③	④
4	①	②	③	④
5	①	②	③	④

もんだい 問題 4

例	●	②	③
1	①	②	③
2	①	②	③
3	①	②	③
4	①	②	③
5	①	②	③
6	①	②	③
7	①	②	③
8	①	②	③
9	①	②	③
10	①	②	③
11	①	②	③
12	①	②	③

もんだい 問題 5

1		①	②	③	④
2		①	②	③	④
3	(1)	①	②	③	④
	(2)	①	②	③	④

合格模試　解答用紙

N2 言語知識（文字・語彙・文法）・読解

第2回

受験番号 Examinee Registration Number

名前 Name

〈ちゅうい Notes〉

1. くろいえんぴつ (HB、No.2) でかいてください。
Use a black medium soft (HB or No.2) pencil.
（ペンやボールペンではかかないでください。）
(Do not use any kind of pen.)

2. かきなおすときは、けしゴムできれいにけしてください。
Erase any unintended marks completely.

3. きたなくしたり、おったりしないでください。
Do not soil or bend this sheet.

4. マークれい Marking Examples

よいれい Correct Example	わるいれい Incorrect Examples
●	⊗ ◯ ◯ ◯ ◑ ●

問題1

1	① ② ③ ④
2	① ② ③ ④
3	① ② ③ ④
4	① ② ③ ④
5	① ② ③ ④

問題2

6	① ② ③ ④
7	① ② ③ ④
8	① ② ③ ④
9	① ② ③ ④
10	① ② ③ ④

問題3

11	① ② ③ ④
12	① ② ③ ④
13	① ② ③ ④
14	① ② ③ ④
15	① ② ③ ④

問題4

16	① ② ③ ④
17	① ② ③ ④
18	① ② ③ ④
19	① ② ③ ④
20	① ② ③ ④
21	① ② ③ ④
22	① ② ③ ④

問題5

23	① ② ③ ④
24	① ② ③ ④
25	① ② ③ ④
26	① ② ③ ④
27	① ② ③ ④

問題6

28	① ② ③ ④
29	① ② ③ ④
30	① ② ③ ④
31	① ② ③ ④
32	① ② ③ ④

問題7

33	① ② ③ ④
34	① ② ③ ④
35	① ② ③ ④
36	① ② ③ ④
37	① ② ③ ④
38	① ② ③ ④
39	① ② ③ ④
40	① ② ③ ④
41	① ② ③ ④
42	① ② ③ ④
43	① ② ③ ④
44	① ② ③ ④

問題8

45	① ② ③ ④
46	① ② ③ ④
47	① ② ③ ④
48	① ② ③ ④
49	① ② ③ ④

問題9

50	① ② ③ ④
51	① ② ③ ④
52	① ② ③ ④
53	① ② ③ ④
54	① ② ③ ④

問題10

55	① ② ③ ④
56	① ② ③ ④
57	① ② ③ ④
58	① ② ③ ④
59	① ② ③ ④

問題11

60	① ② ③ ④
61	① ② ③ ④
62	① ② ③ ④
63	① ② ③ ④
64	① ② ③ ④
65	① ② ③ ④
66	① ② ③ ④
67	① ② ③ ④
68	① ② ③ ④

問題12

| 69 | ① ② ③ ④ |
| 70 | ① ② ③ ④ |

問題13

71	① ② ③ ④
72	① ② ③ ④
73	① ② ③ ④

問題14

| 74 | ① ② ③ ④ |
| 75 | ① ② ③ ④ |

合格模試　解答用紙

N2　聴解

第2回

受験番号
Examinee Registration Number

名前
Name

<ちゅうい Notes>

1. くろいえんぴつ (HB、No.2) でか
   いてください。
   Use a black medium soft (HB or No.2)
   pencil
   (ペンやボールペンではかかないでく
   ださい。)
   (Do not use any kind of pen.)

2. かきなおすときは、けしゴムできれ
   いにけしてください。
   Erase any unintended marks completely.

3. きたなくしたり、おったりしないでく
   ださい。
   Do not soil or bend this sheet.

4. マークれい Marking Examples

よいれい Correct Example	わるいれい Incorrect Examples
●	⊗ ◎ ○ ◍ ⊖ ① ●

もんだい 問題 1

	①	②	③	④
例	①	●	③	④
1	①	②	③	④
2	①	②	③	④
3	①	②	③	④
4	①	②	③	④
5	①	②	③	④

もんだい 問題 2

	①	②	③	④
例	①	②	●	④
1	①	②	③	④
2	①	②	③	④
3	①	②	③	④
4	①	②	③	④
5	①	②	③	④
6	①	②	③	④

もんだい 問題 3

	①	②	③	④
例	●	②	③	④
1	①	②	③	④
2	①	②	③	④
3	①	②	③	④
4	①	②	③	④
5	①	②	③	④

もんだい 問題 4

	①	②	③
例	●	②	③
1	①	②	③
2	①	②	③
3	①	②	③
4	①	②	③
5	①	②	③
6	①	②	③
7	①	②	③
8	①	②	③
9	①	②	③
10	①	②	③
11	①	②	③
12	①	②	③

もんだい 問題 5

		①	②	③	④
1		①	②	③	④
2		①	②	③	④
3	(1)	①	②	③	④
	(2)	①	②	③	④

合格模試　解答用紙

N2 言語知識（文字・語彙・文法）・読解

第3回

受験番号
Examinee Registration Number

名前
Name

問題 1

1	①	②	③	④
2	①	②	③	④
3	①	②	③	④
4	①	②	③	④
5	①	②	③	④

問題 2

6	①	②	③	④
7	①	②	③	④
8	①	②	③	④
9	①	②	③	④
10	①	②	③	④

問題 3

11	①	②	③	④
12	①	②	③	④
13	①	②	③	④
14	①	②	③	④
15	①	②	③	④

問題 4

16	①	②	③	④
17	①	②	③	④
18	①	②	③	④
19	①	②	③	④
20	①	②	③	④
21	①	②	③	④
22	①	②	③	④

問題 5

23	①	②	③	④
24	①	②	③	④
25	①	②	③	④
26	①	②	③	④
27	①	②	③	④

問題 6

28	①	②	③	④
29	①	②	③	④
30	①	②	③	④
31	①	②	③	④
32	①	②	③	④

問題 7

33	①	②	③	④
34	①	②	③	④
35	①	②	③	④
36	①	②	③	④
37	①	②	③	④
38	①	②	③	④
39	①	②	③	④
40	①	②	③	④
41	①	②	③	④
42	①	②	③	④
43	①	②	③	④
44	①	②	③	④

問題 8

45	①	②	③	④
46	①	②	③	④
47	①	②	③	④
48	①	②	③	④
49	①	②	③	④

問題 9

50	①	②	③	④
51	①	②	③	④
52	①	②	③	④
53	①	②	③	④
54	①	②	③	④

問題 10

55	①	②	③	④
56	①	②	③	④
57	①	②	③	④
58	①	②	③	④
59	①	②	③	④

問題 11

60	①	②	③	④
61	①	②	③	④
62	①	②	③	④
63	①	②	③	④
64	①	②	③	④
65	①	②	③	④
66	①	②	③	④
67	①	②	③	④
68	①	②	③	④

問題 12

69	①	②	③	④
70	①	②	③	④

問題 13

71	①	②	③	④
72	①	②	③	④
73	①	②	③	④

問題 14

74	①	②	③	④
75	①	②	③	④

合格模試　解答用紙

N2　聴解

受験番号
Examinee Registration Number

名前
Name

〈ちゅうい　Notes〉

1. くろいえんぴつ (HB、No.2) でか
いてください。
Use a black medium soft (HB or No.2)
pencil.
(ペンやボールペンではかかないでく
ださい。)
(Do not use any kind of pen.)

2. かきなおすときは、けしゴムできれ
いにけしてください。
Erase any unintended marks completely.

3. きたなくしたり、おったりしないでく
ださい。
Do not soil or bend this sheet.

4. マークれい Marking Examples

よいれい Correct Example	わるいれい Incorrect Examples
●	⊗ ○ ◌ ○ ◑ ⦸ ●

もんだい 問題 1

	①	②	③	④
例	①	●	③	④
1	①	②	③	④
2	①	②	③	④
3	①	②	③	④
4	①	②	③	④
5	①	②	③	④

もんだい 問題 2

	①	②	③	④
例	①	②	③	●
1	①	②	③	④
2	①	②	③	④
3	①	②	③	④
4	①	②	③	④
5	①	②	③	④
6	①	②	③	④

もんだい 問題 3

	①	②	③	④
例	●	②	③	④
1	①	②	③	④
2	①	②	③	④
3	①	②	③	④
4	①	②	③	④
5	①	②	③	④

もんだい 問題 4

	①	②	③
例	●	②	③
1	①	②	③
2	①	②	③
3	①	②	③
4	①	②	③
5	①	②	③
6	①	②	③
7	①	②	③
8	①	②	③
9	①	②	③
10	①	②	③
11	①	②	③
12	①	②	③

もんだい 問題 5

		①	②	③	④
1		①	②	③	④
2		①	②	③	④
3	(1)	①	②	③	④
	(2)	①	②	③	④